TAKE
SHOBO

# 真珠の魔女が恋をしたのは
# 翼を失くした異国の騎士
## 邂逅編

杜来リノ

Illustration
石田恵美



MOON DROPS

真珠の魔女が恋をしたのは翼を失くした異国の騎士
邂逅編

# Contents

第一章　地を駆ける騎士と宝石の魔法使い……6
第二章　薔薇《ばら》竜の娘……57
第三章　天駆ける魔女と地を疾走る騎士……93
第四章　金貨の雨……138
第五章　笑う聖騎士……183
第六章　空に響くは、決別の鐘……249
最終章　ラルジュとファラウラ……278

あとがき……314

イラスト／石田恵美

# 真珠の魔女が

## 恋をしたのは翼を失くした

# 異国の騎士

邂逅編

MOON DROPS

# 第一章　地を駆ける騎士と宝石の魔法使い

「はぁ、やっと終わった……」

魔女ファラウラは魔導列車の駅を出た後、苺色《いちご》の髪を揺らしながら両手を伸ばして大きく伸びをした。

「魔法使いが外国に来るのって大変なのね……」

ファラウラは溜《た》め息を吐きながら手元を見つめた。蜜蠟紙《みつろう》で包まれた細長い包みの端からは、大小様々な羽根がはみ出している。これはファラウラの飛行用の羽根箒《はねぼうき》だ。

「アシエ国内での飛行許可証と魔法の使用許可証。これで使い魔がいたら入国審査にもっと時間がかかっていた……。使い魔のいない宝石魔女で良かったって、初めて思ったわ……」

——魔法学校で可愛がっていた後輩魔女ダムアから、手紙と結婚式の招待状が届いたのは約一ヶ月前。

明るく素直で、それでいてちょっぴり泣き虫だった彼女が異国に嫁ぐと聞いた時には本当に驚いた。けれどももっと驚いたのが、お相手が騎士団の団長を務めていると書いてあった事だ。

アシエは『鋼鉄の国』と呼ばれるほど、機導鋼術という魔法に代わる化学技術が発展している。その為、魔法使いの多いモジャウハラートとは異なり魔法使いがほとんどいない。元々、国民の魔力平均値が他国に比べて圧倒的に低いのだ。そんな中、多少の魔法を使える人材が集まる聖騎士団は〝アシエの誇り〟とまで言われている。

「それにしても、あの子は今二十一歳でしょ？　聖騎士団の団長さんはお若いのかしら。それとも年の差夫婦……？　お名前の横には男爵位が書いてあったけど、一体どうやって知り合ったの？」

ファラウラは羨《うらや》ましそうに呟《つぶ》いた。今年で二十四歳になるファラウラには、未だに恋人と呼べる存在はいない。

魔法学校の中でも『魔法使い科』は特に忙しく、夏と冬の休暇以外はほとんど寮から出られない。

だからなのか、魔法使いは同業者との交際が多いのだ。そんな中での異業種、それも外国人の結婚相手。興味が湧かないはずがない。

「その辺りは詳しく聞きたいな。私も恋人が欲しいもの」

そう呟きながら、ファラウラは駅前を見渡した。黒く平たい石が綺麗《きれい》に敷き詰められている道路を人々が忙しなく行き交っている。だが、目当ての人物はどうやらまだ到着していないようだった。

「良かった。お迎えの方がまだいらしてなくて」

出席の返信を出した後、折り返し届いた手紙には『駅前に迎えを寄越す』と書いてあった。聖騎士達は巨大な翼を持つ天馬に騎乗する。だからファラウラはわざわざ飛行用のホウキを持参し、飛行許可証まで取ったのだ。

入国手続きが予想以上に長引いたせいで、迎えを待たせている可能性を心配していた。

「お迎えの騎士様に待ちぼうけを食らわせなくて本当に良かった。危うくあの子に恥をかかせるところだったわ」

ホッと肩の力を抜いた後、トランクと羽根箒を持ち街灯に寄りかかった。迎えを待ちながら、ぼんやりと周囲の風景を眺める。

「……本当に、モジャウハラートとはまったく違うのね」

——他国から『貴石の国』と呼ばれる母国モジャウハラートは砂漠に囲まれた国だ。だが街中には緑が溢《あふ》れているし、涌き出る泉を美しく演出する噴水もあちこちにある。建物は石造りだが柔らかな曲線を描くものが多く、その石が白いせいで全体的に雰囲気は明るい。

けれど、ここアシエは真逆と言ってもいい。緑こそ街灯の周囲に少しだけあるものの、道路も平たい石や細かく砕いた砂利を練り上げたようなもので完全に整備されている。

蒸気自動車もたくさん走っているし、硝子《ガラス》と金属を使った建物は洗練されている、の一言につきる。

「なんだか気後れしちゃうな……。アシエは流行の最先端だもの。歩いている女の子も、皆とってもお洒落《しゃれ》だし……」

ファラウラは視線を下ろし、自らの服装を見つめた。首元まできっちりと詰まった緑のレースブラウス。黒の膝丈スカートにタイツにヒール。胸元には真珠のブローチ。無難にまとまっていると思うが、『お洒落』とは言いがたいかもしれない。

「真珠が地味なのよね。せめて、紅玉《ルビー》の魔女か翠玉《エメラルド》の魔女なら良かったのに。……ん？」

ブローチを突っつきながら独り言をつぶやくファラウラの耳に、聞き慣れない音が飛び込んで来た。それは破裂音のような機械の駆動音のような、聞いた事もない音だった。

その謎の音は、どんどんこちらに近づいて来る。

「な、なに、この音は⁉」

驚き周囲を見回すファラウラとは異なり、駅前の通行人は誰一人として驚いていない。やがてファラウラの目の前に、その爆音の正体が姿を現した。

——機械鋼術により造られた、曲線と歯車で構成された鈍く光る黒い機体。本国ではまず見る事のない巨大な金属の塊に、ファラウラは思わず歓声をあげた。

「嘘《うそ》！　すごいわ、魔導二輪！」

思わず駆け寄り、黒光りする機体をしげしげと眺める。ドルルル……という排気音を響かせる魔導二輪は、溜め息が出るほど格好いい。

「素敵……！　これ、どうやって動いているのかしら。授業でほんの少し習っただけだから構造がまったくわからないわ」

「あのー、すみません。貴女は魔女さんですか？」

――自らに向けられた問いかけの声に、魔導二輪に夢中なファラウラはまったく気づかない。

「歯車がこんなに！　この大きな歯車は中心が星の形になっているのね。えぇと――」

「うわ、まったく聞いてないな。あの！」

「きゃぁっ⁉」

食い入るように見入っていたファラウラは、突如として聞こえた大声に飛び上がって驚いた。

「な、何⁉」

「あー、大声を出して申し訳ないです。魔導二輪が見たいなら後からゆっくりお見せしますので、とりあえず僕の質問に答えて貰《もら》ってもいいですか」

（あ、いけない、またやっちゃった……！）

魔導二輪には運転者がいる事をすっかり忘れていた。昔から、興味を引くものが目の前にあると周りが見えなくなってしまう。ファラウラは心の中で自分を責めつつ、目線を上に向けた。視線の先には、困ったような顔で魔導二輪に跨《また》がっている若い男がいた。

「ご、ごめんなさい、私ったら、つい……！」

「いいえ。……ところで、団長夫人もですけど貴女もアシエ語がお上手なんですね」

大抵の国では母国語以外に『共通語』を学ぶ。けれどアシエ人はアシエ語以外をほとんど話さない。

「ありがとうございます。学校で、第三言語科目にアシエ語を選択していましたから」

「なるほど。あぁ、僕は団長に頼まれて迎えに来たんですけど、貴女は団長の奥さんの先輩魔女さんですよね？」

「はい、そうです。あの、貴方は……？」

ファラウラは男をマジマジと見つめた。着崩した軍服。右目を隠すように伸ばされた黒髪。優しげに垂れた目は髪と同色の黒。髪で隠れていない左耳には、青と楓蜜《メイプルシロップ》色の宝石で作られたピアスがいくつもついている。

どこか気怠そうな顔をしているものの、十分に人目を引く端正な顔立ち。

「失礼しました。先に名乗るべきでしたね。僕はラルジュ・セールヴォランと言います」

口の端を持ち上げ、かすかに笑みを浮かべるその顔にファラウラは思わず見惚れた。

（……あれ？）

だが、魔導二輪のハンドルを握る男の右手にファラウラの視線は釘づけになった。

――魔導二輪と同じような、黒く光る硬質な右手。それは男の右手が機導鋼術によって造られた義手である事を示していた。ファラウラは無言のまま、そっと空を見上げる。

天馬の姿はどこにも見当たらない。そして再び地上に視線を戻した。

「あの……」

男に声をかけたちょうどその時、一陣の強い風が吹いた。男の前髪が風にあおられ、整った顔が眼前に晒される。

（あ……）

黒の左目に対して深く澄んだ濃い青色をした右目。その目を挟《はさ》むように彫られたクワガタの刺青のせいで、一見すると『少し美しいだけの青』に見えなくもない。

だがファラウラにはすぐにわかった。

男の右目から感じる、宝石魔女にしかわからない気配。義眼に加工した蒼玉が嵌《は》め込まれているのだ。機械の右手といい、このような状態の男が聖騎士であろうはずがない。

「あの、貴方はもしかして……」

「ええ。僕は機装騎士です。もしかして迎えは聖騎士だと思ってました？」

「え⁉　あ、いえ……」

――早く何か言わなければ。そう思うのに、言葉が上手く出て来ない。慌《あわ》てるファラウラを前に、男は薄っすらと笑みを浮かべていた。

◇

ファラウラは赤くなった頬を両手で押さえながら、自らの勘違いに対して素直に頭を下げた。

「申し訳ございません、セールヴォランさん。彼女からの手紙にはお相手が騎士団の団長さん、としか書いていなかったので……」

――アシエには『機装騎士』という存在がいる事は知っていた。

だが「騎士」と聞けばファラウラの国でも天馬に乗った聖騎士を思い浮かべてしまう。というよりも、機装騎士については魔導二輪に跨がり銃や大剣といった魔法以外の武器を使うという情報以外に詳しい実態が他国には伝わっていないのだ。

だから騎士と聞いたら聖騎士としか思っていなかった。

「まぁ、アシエ国内でも騎士と言えば聖騎士の事ですからね、他国の人がそう思うのも無理ないですよ」

ラルジュは右手を上げてみせた。ファラウラは機械の右手を見つめながら、慌てて首を横に振る。

「いいえ、あの、機装騎士の皆さんのお体にはアシエ独自の機導鋼術が施されていらっしゃいます。聖騎士よりも機密事項が多いでしょうし、私のような外国人には……」

「そういうお気遣いは結構です」

男の素っ気ない言葉に、ファラウラは両目を見開いた。ラルジュは変わらず穏やかに微笑んでいる。けれどその黒い瞳には、何の感情も浮かんではいなかった。

「あ、あの……」

この空気は非常に気まずい。どうにかしなければと焦《あせ》るファラウラを前に、ラルジュが先に口を開いた。

「それよりも、思ったより早かったですね。団長の奥さんがアシエに来た時も僕が迎えに来たんですが、その時は入国手続きが終わるまで一時間ほど待ったんです。今日もそれぐらいのつもりだったので少しのんびりしていました。お待たせしちゃってすみません」

ラルジュは申し訳なさそうな表情をしながら、機械の右手で頬を掻いている。

ファラウラはぎこちない笑みを浮かべながら、手続きが早く終わった理由を口にした。

「……私は宝石魔女ですから。使い魔を持ち込む手続きを必要としなかっただけです」

「あぁ、なるほど。宝石魔女さんですか。じゃあ団長の奥さんと時間が違うのも無理ないですね」

ラルジュは大袈裟に肩を竦《すく》めている。

「ええ、まぁ……」

その時、ラルジュの右目で煌《きら》めくサファイアから微かな感情を感じた。

宝石魔法使いであれば、自分の石ではなくとも宝石を通して相手の感情を感じとる事が出来る。

（どうしよう……。勝手に宝石から感情を読むなんて失礼かしら……）

だがこの感情は今、いきなり感じたものだ。それは、この目の前にいる機装騎士の男が何らかの強い感情を急速に胸の内に宿らせた事を示している。

（ちょっとくらいなら……。何か言いたいのに言えないのであれば、申し訳ないもの）

ファラウラはそう言い訳をしながらこっそり意識を集中し、宝石から伝わる感情を探った。

——やがて、宝石は一つの感情を伝えて来た。その感情を認識した途端、ファラウラの頬が先ほどとは異なる熱を帯び始めた。

宝石から伝わって来た感情。それは怒りと嘲《あざけ》りが混じった複雑なものだった。ファラウラはその感情の意味を瞬時に理解し、ギリと唇を噛んだ。先ほどの『団長の奥さんと時間が違う』という言葉がその答えだ。

どうやら、この男は『騎士』と聞いてそれを聖騎士だと思い込んでいた失礼な異国の魔女に怒りを抱いたらしい。それで『魔女』と『宝石魔女』の違いをわざとらしく伝える事で仕返しをして来たのだ。

(優しくて格好良い人だって思ったのに……！　なんて意地悪な人なの)

——世間一般では魔法を使う者全般を『魔法使い』と呼ぶ。その中でも女性の魔法使いは『魔女』。男性の魔法使いは『魔術師』と呼ばれている。

だが、その中でも〝魔力はあっても宝石を媒介しないと魔法が使えない〟魔法使いがいるのだ。

それがファラウラのような『宝石魔女』であり『宝石魔術師』と呼ばれる存在である。

通常の魔女や魔術師との違いは、使い魔を連れていない事だ。またその名の通り、魔法を使用するにはそれぞれに合った宝石を所持していなければならない。

その最大の特徴は、宝石を失うと一般人と変わらなくなってしまう事だ。だから宝石魔法使いは万が一の事を考え、任務の際の護衛や補佐に自腹で亜人種の傭兵などを雇う者が多い。

人間は皆、生まれながらに身体に微量の魔力を帯びているが魔法を使えるほどの魔力を有する人間は数少ない。

故に、宝石を所持していなければならないという制約はあるものの、世間からは決して軽んじられている存在ではない。このアシエのように、元々国民の魔力値が低い国々だと非常に重宝される。ただ魔法使いの世界ではその立場は低く、出来損ない扱いをされている。ファラウラは真珠のブローチにそっと触れた。

この機装騎士は、使い魔を連れていない自分を最初から宝石魔女と見抜いていたに違いない。

「宝石魔女で良かったですわ、お待たせしなくて済みましたもの。あぁそうだ、自己紹介がまだでしたわね。私の名前はファラウラ・マルバと申します」

ファラウラは澄ました顔で優雅に一礼をした。本来ならば、こんな風に名乗るべきではない事はわかっていた。けれど、意地悪な仕返しをしてきたこの男を困らせてやりたい、という子供じみた思いが、ファラウラを強く支配していた。

（どう？　少しは私の気持ちがわかっ……）

――ラルジュの顔を見たファラウラは表情を凍りつかせた。どうせ胡散《うさん》臭い笑顔を浮かべているのだろうと思っていたのに、予想に反しラルジュの整った顔には苦い表情が浮かんでいる。

「……通称も名乗ってくれませんか。僕には、封印された魔女の名前は聞き取れない」

低く抑えたその声に、ファラウラの胸は恥と後悔に締めつけられた。些細《ささい》な事に腹を立て、初対面の人間を傷つけた己の恥ずべき行為に今さらながら身体が震える。

「し、失礼を致しました！　私は灯台に暮らしているので町の皆さんには灯台魔女と呼ばれています。その、私の使う宝石は真珠なので友人達には〝真珠《ルゥルゥ》〟と……」

――魔法使い見習いは、入学時に己の名前を封印される。封印されると言っても、元から名前を知っている家族や近所の人間が名前を忘れる訳ではない。

ただ単に、言葉にして発したり文字で書いたりする事が出来なくなるというだけだ。

それには魔法使いの歴史が関係している。

古代の魔法戦は、互いに呪いをかけ合う呪術戦が主流だったという。呪いを発動する方法は、名前を呪石へ刻み込み、呪歌《じゅか》の旋律に乗せて唱えるだけ。だから魔法使い達は本名を知られないよう、別に通称を持っていた。

だが現在、正確な呪歌は残されていない。それにもかかわらず、呪い対策はいまだに世界中の魔法学校で行われている。だから魔法使いは自己紹介の時に本名と通称を二つ、普通に名乗る。名前を聞き取る事は誰にでも出来る為、一応礼儀として行う。

しかし、封印された名前を聞き取る事すら出来ない者が存在する。それは魔力がまったくない者。いや、魔力を失ってしまった者。

病気や怪我で体の一部を失ったり機能不全に陥ったりすると、魔力回路が完全に断たれてしまう。そうなると身体に宿る魔力は『空っぽ』になる。どんな強大な魔力であっても、気配を感じ取る事すら出来なくなってしまうのだ。

——目の前の、この男のように。

ファラウラは襲い来る後悔に打ちのめされていた。自業自得なのはわかっている。ここはきちんと謝罪をするべきだ。でも、それでは本当に『魔力を失った人間を見下している』と思われやしないだろうか。今さら言い訳にしかならないが、ファラウラは本当にそんなつもりではなかったのだ。

(私ったら、なんて事をしてしまったの……！)

ファラウラは覚悟を決めた。どう思われようが、まずはしっかりと謝罪をすべきだ。

「あ、あのっ……！」

「へぇ、真珠の魔女さんですか。アシエ流で言うと〝ペルルさん〟ですね」

「ペルル？」

ファラウラは謝罪を口にしかけた事も忘れ、首を傾げた。

「真珠はアシエ語で〝ペルル〟でしょ？　ちょっとそう呼んでみようかと思ったんですが、嫌ならやめておきます」

「い、いいえ！　そんな事は……」

――ペルル。その言葉の持つ可愛らしい響きに、ファラウラは頰を綻《ほころ》ばせた。

幼稚な意地悪をした自分の名前を、こんなに愛らしい言葉で表してくれるなんて、と素直に喜びを表した。

「ペルルって、とっても可愛い響きだわ」

「はは、そうですか？　それは良かった。……まぁ名前問題に関して言うなら、僕に貴女の正確な名前を呼ばせる、という手もありますけどね？」

ラルジュはクスクスと笑っている。正確な名前を呼ばせる？　意味がわからない。

一体、何が言いたいのだろう。

「あの、どういう事ですか？」

「ん？　どういう事って。魔女や魔術師と身体を重ねれば彼らの魔力が身体に蓄積する。だから魔力回路が断たれていても封印は通用しないし、魔法を使えていた者は一時的に魔法が使えるようになる。……まさか知らないはずはないですよね？」

「し、知っています、けど……！」

――もちろん知識として知っている。知ってはいるが、初対面の男に言われるような内容ではない。だから頭の片隅にさえ、浮かぶ事がなかっただけだ。

「わ、私、あの、そういうのは……！」

「あれ、もしかして今の話を本気にしたんですか？　嫌だな、冗談ですよ。僕にだって好みってものがあるんで」

「そ、それは大変、失礼を、致しました……」

こういうタイプはまともに相手をするとこちらが疲弊する。それに再び売られた喧嘩《けんか》を買ってしまうと、いつまで経っても終わらない。ファラウラは強張る顔に笑顔を張りつけ、湧き上がって来る怒りに必死になって耐えた。

（前言撤回だわ。この人ったら本当に意地悪……！）

うっかり謝罪を口にする前に、この男の捻《ひね》くれた本性がわかって良かった。

そう思いながら、ファラウラは改めて魔導二輪に跨がる男、ラルジュ・セールヴォランに向き直った。

「あの、ここで立ち話を続けるのもなんですし、そろそろ彼女の所に案内して頂けますか？」

「そうですね、無駄話をしている場合じゃなかった。じゃあトランクとその細長い包みを渡して貰えますか、後ろに括りつけておきます。貴女は僕の後ろに乗ってください」

ラルジュは魔導二輪から降り、左手でトランクを持ち上げた。

立ち上がると驚くほど背が高い。思わず見上げるファラウラに向かい、ラルジュは機械の右手を差し出して来た。

けれど、ファラウラはゆるゆると首を横に振る。

「ん、どうしました？」

「あの、飛行許可もきちんと取ってありますから、私はホウキに乗って飛んで行きます。

大丈夫です、上からセールヴォランさんを確認しながらちゃんとついて行きますから」

「……アシエの街並みは入り組んでいますから、上からだと僕を見失う可能性が高いと思います。どうしても僕の後ろに乗りたくないって言うなら仕方がないですが」

「ち、違います！　そうではなくて……！」

ラルジュの後ろに乗るのが嫌な訳ではないし、この期に及んで自分が空を飛べる魔法使いだという事をアピールしたい訳でもない。単に魔導二輪に乗るのが怖かっただけだ。

見るだけなら楽しいが、いざ乗るとなると恐怖心の方が勝る。それに、初対面の男と密着する事に少なからず抵抗もあった。

「ほら、早くしてください。あまり遅くなると僕が団長に叱られるんですけど」

急かされる中、ファラウラは駅前の大時計を見た。駅に到着してからすでに結構な時間が経っている。ここでわがままを言ったせいでラルジュが叱責されようものなら、さすがにそれは申し訳なさすぎる。

「……よろしくお願いします」

ファラウラは諦めてホウキを渡した。ラルジュは受け取ったホウキをトランクと共に魔導二輪の後部に器用に括りつけていく。

「はい、終わりましたよ。ではこちらにどうぞ」

「セールヴォランさん、私、魔導二輪に乗るのは初めてなので、どのようにすれば……きゃあぁっ⁉」

ラルジュは無造作にファラウラの両脇に手を伸ばし、そのままひょいと上に持ち上げた。まるで小さな子供に対するような扱いに、ファラウラは顔を羞恥に染める。

一方ラルジュは顔色一つ変えることなく、持ち上げたファラウラを魔導二輪の後部座席の上に移動させた。

「ほら、足を開いて。閉じていたら跨がれないですよ。大丈夫、そのスカートの長さならそう簡単に捲《めく》れたりはしないですから」

「は、はい……」

恥ずかしさに耐えつつ軽く足を開き座席にそっと跨る。乗り心地が想像よりもずっと良い事に、少しだけ驚いた。

「足はそこに引っかけて。うん、それで良いです。それから、絶対に手を離さないでくださいね。僕が乗ったら、腰にしっかりと摑まって」

「わ、わかりました」

ファラウラは指示に従い、座ったままラルジュの軍服の裾をしっかりと握った。

ラルジュはなぜかクスッと笑い、ファラウラの手を摑《つか》むと裾からやんわりと外した。

「可愛い事しますね。でも、そんな風に摑まれたら僕が乗れないですよ？」

「え⁉　あ、やだ、ごめんなさい……！」

「いえいえ。まぁ悪い気はしなかったですけどね？」

ラルジュの顔には先ほどまでの意地悪な表情は消え去り、代わりに優しい笑みが浮かんでいる。ファラウラは言葉に詰まったまま、そっと顔をうつむけた。こうしてみると、ラルジュは本当に整った顔をしている。男性に免疫のないファラウラは、どうしたら良いのかよくわからなくなってきた。

「最初はゆっくり走りますけど、言われていた時間より少し遅れているんで大丈夫そうならスピードを出します。もし気分が悪くなったらすぐに教えてください」

「はい、わかりました」

ファラウラは深呼吸を一つし、思い切って男の腰に両腕を回してしがみついた。

「ん、もう少し強く摑まれますか？　そう、もっと上の方。その方が安全ですし、僕も嬉しいので」

「え⁉　あ、はい、こ、こうですか？」

「そうそう。じゃあ出発しますよ」

精一杯の力でしがみつくファラウラの手が、温かい手に握り込むように包まれた。

一瞬で離れていったそれに驚く声をあげる間もなく、魔導二輪は大きな排気音を立てながら走り出した。

◇

魔導二輪から見る光景は、飛行中とは異なる景色の流れ方をしている。

興味津々で眺めていたのは初めの内だけで、ファラウラは次第に眠気を感じ始めていた。しがみついている背中は、細身なのに意外と筋肉質だ。

軍服の下に隠れている肉体も、しっかりと鍛えられているというのがよくわかった。

そこから伝わる体温の温かさ。

そして初めて乗った魔導二輪の振動は案外と心地良く、ファラウラは本格的な眠気に襲われ始めていた。

それに伴いファラウラの頬はどんどん熱くなり、心臓の鼓動も早く小刻みになっていく。当初感じていた抵抗感も恐怖心も、もはやまったくない。

（やだ、私ったらすごくドキドキしてる。もしかして私、この人にときめいているのかしら？　まだ出会って間もないのに？　確かに顔はカッコいいし背は高いし、最初ちょっと意地悪だったけど本当は優しい人みたいだし。それにさっき、私がくっつくのが〝嬉しい〟って――）

――あわあわと一人百面相をするファラウラは気づかない。

「……チョロい女」

優しげな仮面をかなぐり捨てたラルジュが、皮肉げに口元を歪《ゆが》めている事に。

＊＊＊＊＊

冷たい水の中に沈んでいく感覚がする。全身が重く、そして熱い。もがけばもがくほど、暗い水の底に身体が引きずり込まれていく。

――ファラウラは夢を見ていた。

魔法学校の入学式の日の夢。笑顔の両親と、三つ上の兄と四つ下の妹に見守られながら、使い魔召喚の儀を行った。

魔力値の事前計測ではファラウラの魔力は申し分なかった。

申し分ないどころか、マルバ家では父の次に魔力が高かった。

両親は誇りに満ちた眼差しを、妹は憧れの眼差しをファラウラに向けた。

兄はその冷たい美貌にわずかながらの嫉妬を滲《にじ》ませていたものの、昨夜は美しい細工の施された高価な万年筆をファラウラに贈ってくれた。

『ファラウラの使い魔のお部屋が、入学式に間に合わなかったのは残念ね』

『仕方がない。この子は私の次に高い魔力を持っている。狭い部屋ではきっとあの子の竜は入らない』

『姉さまの竜、早く見たいわ！』

『父上が翼竜で母上が羽毛竜。俺が火竜だからファラウラの竜が何なのか楽しみだな』

けれどその日、ファラウラの竜は現れなかった。竜どころか、そもそも使い魔が出現しなかったのだ。

（ごめんなさい、お父様、お母様……）

ファラウラは物悲しい気持ちを抱えたまま顔を背ける。身体はどんどん深淵に向かって降下していく。

『――ッ!?　――！』

不意に、誰かに呼ばれたような気がした。

焦ったようにも聞こえる声に対し、返事をしようと思っても身体も口もなぜかまったく動かない。そしてしばらくすると、今度は力強い腕に抱き上げられた気がした。

頬を撫でる、手の冷たさも伝わって来る。

その後はもう何も聞こえなかった。ただ、温かい腕にずっと包まれていた。

泣きたいくらいの安らぎが、胸の奥からじんわりと込み上げて来る。

その温かな腕の持ち主が誰なのかはわからない。けれど、父でも兄でもない事だけはわかっていた。

＊＊＊＊＊

「んん……」

ファラウラはパチリと目を開けた。瞳に映る天井には、葡萄《ぶどう》を模した美しいランプがぶら下がっている。

「あれ……？」

何度も瞬きを繰り返し、柔らかな光を放つランプを見つめる。次いで目線を横に移動させた。自分が横たわっているベッドには天蓋がかかり、壁には大きな鏡がかかっている。大鏡には彫刻を施された金色の枠がはまり、複雑な曲線を描いた脚を持つテーブルにはガラスの水差しが置かれている。

どこをどう見ても、ここはファラウラの部屋ではない。

「え⁉　どうして⁉　ここはどこ？　私、なんでここにいるの？」

ベッドから飛び起き、周囲をキョロキョロと見回しながらファラウラは狼狽《うろた》えた。

自分の部屋ではない事はひとまず置いておいて、自分は先ほどまで確かに機装騎士ラルジュ・セールヴォランの駆る魔導二輪の後ろに乗っていたはずだ。

だがそのラルジュの姿は部屋の中のどこにもない。

「どうしよう……セールヴォランさんもいないし、どうすれば良いの……？」

『安心してください真珠の魔女。ここは機装騎士の本部詰所です』

「え？」

突如として聞こえた声に、ファラウラは肩を大きく跳ねさせた。けれどその声は、どこか聞き覚えのある声のような気がする。

「だ、誰？」

『わたしです、真珠の魔女』

再びの声と共に、ファラウラの右手にふわりと柔らかいものが触れた。

驚き見ると、そこには銀色の長い毛を持つ仔猫が可愛らしく首を傾げていた。

「あ！　あなたはダムアの使い魔の仔猫さん……！」

『お久しぶりです、真珠の魔女。貴女はここに来る途中で熱を出してしまったのですよ。魔導二輪の後ろから転げ落ちそうになったところを、ラルジュ・セールヴォランが間一髪で受け止めたのです』

「熱……」

ファラウラは頬に両手を当てながら、がっくりと肩を落とし深く長い溜め息を吐いた。何て事だろう。ラルジュの背にしがみついていた時の動悸と頬の紅潮は、ときめきなどという甘いものではなかった。単に発熱していただけだったのだ。

子供の頃から、ファラウラはよく熱を出していた。

大人になってからは昔ほどではなかったが、兄や妹に比べると体調を崩す頻度は多い。どうやら長旅の疲れが最悪のタイミングで出たようだった。

「本当にごめんなさい、ご迷惑をおかけして。あの、セールヴォランさんは？」

『今、団長殿に報告に行っています。良かったですね、真珠の魔女。一緒にいたのがラルジュ・セールヴォランでなければ今頃、貴女は大怪我をしていましたよ』

「そ、そうなの？」

『ええ。彼は機装騎士団の副団長ですし、魔導二輪の扱いは誰よりも長けていますから』

「副団長⁉」

ファラウラは口元を押さえた。まずい。よりにもよって騎士団の副団長に失礼な態度を取ってしまった上に、迷惑までかけてしまった。

「どうしましょう……。私ったら、色々と失礼な事をしてしまったわ……」

『それはお気になさらなくてもよろしいかと。貴女が大切な方だからこそ、団長殿はセールヴォラン副団長を迎えにやったのですから』

それでもファラウラの気は晴れなかった。使い魔は知らないのだ。ファラウラが子供じみた嫌がらせで、彼を傷つけてしまった事を。

『おや、この雑な足音は。真珠の魔女、今から我が主がこちらにやって来ます。……まったく、あんなに大きな足音を立てて。貴女のように上品な魔女が直属の指導係だったというのに、我が主ときたらいつまでも幼くて困ります』

銀の毛並みが愛らしい仔猫は、耳をぴくぴくと動かしながら顔を左右に振っている。愛くるしい顔に辛辣《しんらつ》な言葉。呆《あき》れたようにふわふわの尾を動かす懐かしいその光景に、思わず笑みがこぼれた。程なくして、使い魔が言う通りに遠くから派手な足音が聞こえて来た。

「ルゥルゥせんぱーい！」

『主《あるじ》！　お静かに！』

扉を壊す勢いで飛び込んで来たのは、水色の髪に檸檬《れもん》色の瞳を持つ後輩魔女だった。

魔女としての通り名は『仔猫の魔女』というものだったが、泣き虫の彼女は通称『涙《ダムア》』と呼ばれていた。

「先輩大丈夫ですか⁉　もうどこも苦しくないですか⁉」

苦しくないですか、と言いながら、ダムアは容赦なく胸に飛び込んで来る。

ファラウラはそんな後輩を抱き止めながら、さらさらとした水色の髪を優しく撫でてやった。

「お久しぶりダムア。この度はご結婚おめでとう。ごめんなさいね、せっかく式にご招待頂いたのにいきなり迷惑をかけてしまって」

「そんな事は気にしないでください！　遠い所まで来てくださって本当に嬉しいです！　あの、しばらくはアシエにいられるんですよね？」

「ええ。灯台の修繕には半年近くかかるから、アシエには二ヶ月くらい滞在するつもりなの。その後はまた別の国へ行くわ。こんなに長期で自由時間が取れるなんてなかなかないから」

――ファラウラの住居兼職場の灯台は、現在大規模な修繕を行っている。修繕に時間がかかる事を知った実家から何度も帰って来るように言われて、いい加減うんざりとしていた。

そんな時、かつての後輩ダムアから結婚式の招待状が届いたのだ。

「えー⁉　ずっとアシエで良いじゃないですか。色々案内したいし、アシエの人達に先輩を見せびらかしたいし……」

「私なんか見せびらかしても何の意味もないわよ」

「そんな事ありません！」

ダムアは子供のように頰を膨らませている。ファラウラは困った顔で微笑みながら、その頰をツンと突っついた。

『主、真珠の魔女がお困りですよ』

「だって、お前も見たでしょ？　あの摑みどころのない副団長が先輩を抱えたまま顔色変えて飛び込んで来たのを。きっと、先輩に一目惚れとかしちゃったのよ！」

『なんでもかんでも恋愛に結びつけるのは貴女の悪いクセですよ。大体、急病人を前にしたら誰だって焦るでしょう。そこでヘラヘラしている方が逆にどうかと思いますが』

言い争う一人と一匹を見つめながら、ファラウラはここにはいない男の事を考えていた。夢現《ゆめうつつ》で感じていたあの力強い腕は、やはり彼の腕だったのだ。

「だ、だから何なの……。単に病人を助けてくれただけじゃない……」

──頰が熱い。それが発熱によるものではない事を、認められずにいた。

◇

「あ、そうだ先輩！　荷物はもうお屋敷に運んじゃいましたからね？」

ひとしきり騒いだあと、ダムアは両手をポンと叩きながらファラウラの方に向き直った。今回、ダムアは飛空艇の切符だけでなく、宿泊先までも手配してくれていた。

といっても一般のホテルではない。魔女のファラウラが快適に過ごせるように、と古い屋敷を一軒丸々借りてくれたのだ。

「ありがとうダムア。あの、ここは騎士団の本部なのよね？　いつまでもお邪魔していられないわ。貴女だって明日は式なのだから、色々と忙しいでしょ？　団長さんにご挨拶したらすぐにそちらに向かわせていただくわ」

『お待ちください、真珠の魔女』

ベッドから下り、扉に向かおうとしたファラウラの肩に銀の仔猫が飛び乗って来る。

『団長殿がすぐそこまでいらしてます。副団長もご一緒ですので、貴女はこのままお部屋にいてください』

「……セールヴォランさんも？」

ファラウラは急いで身なりを確認し、そっと安堵《あんど》の息を吐いた。ブラウスにもスカートにも、特に目立った乱れは見られない。

「そちらの椅子に座っても良いかしら。団長さんにご挨拶するのに、ベッドに座っていては失礼だわ」

「やだ、大丈夫ですよ、先輩。彼はそんな事気にしませんから」

『……どうぞこちらへ。真珠の魔女』

銀の仔猫は己の主をギロリと睨みつけ、ファラウラの肩をふにふにと前足で押した。

仔猫に促され、部屋の中心にあるテーブルに移動をする。椅子に座ったところで、コンコンと扉が叩かれる音が聞こえた。

「あ、来た」

ダムアが扉に駆け寄って行く。ファラウラは立ち上がったまま、後輩の夫にして機装騎士団の団長との対面に備えた。

やがて扉が開き、室内に二人の人物が入って来た。ファラウラは目を伏せたまま、胸に手を当てひざまずく。感謝と敬意を示す、母国モジャウハラートの挨拶の仕方だ。

「うわっ、またこれか！　か、顔を上げてください！」

頭上から降る悲鳴のような声を、ファラウラは不思議に思って顔を上げた。

そこに立っていたのは、はしばみ色の髪に青銀の瞳を持つ三十歳くらいの男だった。

長身のラルジュよりも更に頭一つ大きい。さりげなく全身を観察してみても、ラルジュのようにわかりやすく機械の身体をしてはいない。だが機装騎士であるからには、身体のどこかを欠損しているのだろう。

長身の男は、なぜかひどく狼狽えている。

その少し後ろでは、ラルジュが苦笑を浮かべていた。

「はじめまして。この度はお招きありがとうございます。真珠の魔女にして灯台の魔女。ファラウラ・マルバと申します」

ファラウラは再び目を伏せ、今度こそ正式な挨拶をした。

「よ、ようこそアシエへ、真珠の魔女殿。俺はこの機装騎士団の団長を務めさせて頂いている、ノワゼット・マルトーと言います。あの、もう良いですから早く立ってください！」

ファラウラは首を傾げた。先ほどからマルトー団長は何をそんなに慌てているのだろう。本来であれば、目上の人間との会話はうつむきひざまずいたまま、最後まで行う。

だがあまりに必死な様子に、ファラウラは仕方なく立ち上がった。

同時に、ダムアの呆れた声が聞こえる。

「ノワ君、いい加減に覚えてくれない？　モジャウハラートでは、目上の人には今先輩がやったみたいにして挨拶するの！　自分の奥さんの国の風習でしょ？」

「それはわかっているんだけどね……。ごめん、ミルハ」

マルトー団長は長身を縮め、申し訳なさそうに首を竦めている。

そんな夫に対し、ダムアは両手を腰に当てながら咎《とが》めるように見上げていた。

二人の姿はとても仲睦まじいもので、ファラウラは思わず顔を綻ばせる。

魔法学校でダムアと指導ペアを組んだ時以来の、彼女の本名も久しぶりに聞いた。

（……あら？）

思い出に浸っていたファラウラは、そこでふと違和感に襲われた。ダムアの本名。

封印された魔法使いの名前を口にしたのは、騎士団長ノワゼット・マルトー。

ダムア本人ではない。

「え……？　どういう事？」

　魔力のあるなしに関わらず、封印された名前は本人以外が口にする事は出来ない。という事は、ノワゼットには封印が通用していないのだ。例外として封印が通用しない相手。それは――。

「何を驚いているんですか？　恋人同士になったら、普通セックスくらいするでしょ。特に団長達は結婚をするくらいなんだから」

　思い当たった事実に混乱するファラウラの耳に、呆れかえったような声が聞こえた。その信じられないような発言に、ファラウラは慌てて両耳を押さえながら声の主を睨みつける。ラルジュは団長の側からいつの間にかファラウラの横に移動していた。

「は、はしたない事をおっしゃらないで！　だって、まだ正式に結婚もしていないのに、そんな……！」

「ふしだらだ、とでも？　あー、モジャウハラートは戒律が厳しい国ですもんね。確か結婚するまでセックス禁止、処女じゃない女は結婚する時に相手の家に違約金払うんでしたっけ？　今どきあり得ないくらいに古臭い……いや貞淑なお国柄ですよね」

　ラルジュは小馬鹿にしたように鼻で笑っている。

「大体、なんですか〝はしたない〟って。貴女だってご両親がはしたない行為ってヤツをしたから生まれて来た訳でしょ」

「そ、そういう事を言っているのではありません！　その、あからさまに口にするような事ではないと言いたいだけです！」

「へぇ、じゃあ何て表現すれば良いんですか？　〝男女の愛の営み〟とか？　でも別に愛がなくたって出来る行為ですからね、どう表現すれば満足なのか、逆に教えてくださいよ」

「う、そ、それは……」

ファラウラは言葉に詰まった。どう表現すれば良いとか悪いとかではない。

ただ、人前で話すような話題ではないという事が言いたかっただけなのだ。

だがそれすらも、この意地悪な男に何と説明すれば良いのかわからない。

そう考え込むファラウラの耳に、少し声音を抑えたラルジュの低い声が聞こえた。

「……さっきのモジャウハラート流の挨拶。あれ、アシエでは隷属を表す姿勢なんです。奴隷が自分を買った主人に対する平伏なので、初めて奥さんに挨拶された時は僕達も仰天しましたよ。今はもう、あれがモジャウハラートでの礼儀だってわかっていますけど」

「えぇ⁉　そ、そうだったのですか⁉」

だから団長はあんなに困った顔をしていたのか。ファラウラは羞恥に頬を染めながら、いまだに揉《も》めている二人を見つめた。

「ダムアったら。それなら教えてくれれば良かったのに」

「もちろん、後で言うつもりだったと思いますよ？　さっきは団長が悪かったんです。奥さんで一度学習しているんですから」

「それでも、状況によっては滞在先のお国の習慣に合わせるべきです。場合によっては、相手を怒らせる事だってあるかもしれませんのに」

ラルジュは肩を竦めた。

「〝今は〟合わせる必要はないと思ったんじゃないですか？　公の場ではないし、奥さんだって貴女と母国を立てたいという思いもあったんでしょ。そもそも国が違えば文化も違うんです。さっきの挨拶のように、真逆の意味になってしまう行動だって結局はお互いに知ってさえいれば良いだけの話ですから」

――それはあまりにも真っ当で理性的な発言。

言葉に詰まるファラウラを気にする事なく、ラルジュは話を続けていく。

「恋愛に関しても同じ事じゃないですか？　奥さんだって最初はかなりガード堅かったみたいですよ？　団長がなかなか先に進めないってぼやいていましたから。でも結局は母国の戒律に縛られない選択をした。嫁ぎ先がアシエだというのも理由の一つだとは思いますが、結局は団長への愛情が勝ったって事なんじゃないですか。それでも貴女はまだ、奥さんの事をふしだらな女だと思います？」

「……いいえ。思いません」

ファラウラは項垂《うなだ》れ、唇を噛んだ。この男の言う通りだ。一瞬、確かにダムアに対して軽蔑の念を抱いてしまった。彼女の人柄はよく知っているはずなのに。

ラルジュに言われなければ、このまま己の視野の狭さに永遠に気づかなかったに違いない。

「ありがとう、セールヴォランさん。私、色々と間違っていました。貴方のおかげでそれに気づく事が出来たわ。……なんだか、目が覚めたみたい」

素直に謝るファラウラが意外だったのか、ラルジュは驚いたような顔をしている。

「あ、団長さん達の話し合いも終わったようですよ?」

ファラウラはラルジュに向けて、ふわりと微笑んでみせた。

◇

ファラウラは再びラルジュの魔導二輪に乗り、用意して貰った屋敷に向かう事にした。羽根箒も、荷物と共に屋敷へ運ばれてしまっていたからだ。

「ラルジュ、魔女殿をしっかり送り届けて来るんだよ」

「……はい」

団長マルトーの命に、ラルジュはどこか不服そうな顔をしている。けれど、彼のそういった表情も今のファラウラにはまったく気にならなくなっていた。

「ルゥルゥ先輩！　明日はよろしくお願いします！」

「ええ、こちらこそ。明日は楽しみにしているわ。ダムア、今日は早く寝なくては駄目よ?」

「はぁーい！」

本部の表に騎士団長と並び、可愛らしく片手を上げて無邪気に笑う後輩。

それに笑顔で手を振り返した後、ファラウラは改めてラルジュに向き直った。

「セールヴォランさん、先ほどはお礼も申し上げず失礼を致しました。魔導二輪に乗っている時に熱で意識を失うなんて、本当にごめんなさい」

ラルジュはファラウラに背を向けたまま、何も言わない。ただ無言でハンドルの間に右手を置き、魔導二輪を起動させている。

(やっぱり、怒っているわよね)

ファラウラはふっと目を伏せた。彼が怒るのも無理はない。嫌な事を言った挙げ句に、迷惑までかけたのだ。ここは多少冷たくされても甘んじて受けるべきだろう。

「ではお屋敷までよろしくお願いします。それから、明日は一人で向かうので大丈夫ですよ。教会の場所は先ほどダムアの使い魔から聞きましたから」

「……僕が迎えに来ますよ」

ようやく口を利いてくれたものの、ラルジュはこちらを振り向かない。ファラウラは背後の団長夫妻を気にしながら、小さな声で囁《ささや》いた。

「あの、団長さんに命じられていらっしゃるのでしょうけど、ダムアにはホウキに乗って行くと伝えてあります。控室も教会の一番上、鐘の横の小部屋にして貰いました。ドレスを着たまま清掃業者用の階段は登れないし、どちらにしても飛んで行かないと入れませんから」

「貴女が良くても僕が困るんです。また熱を出して墜落でもされたら、僕のせいになりますから」

「いえ、そんな事には……」

「はい、準備出来ましたよ」

振り向いたラルジュは再びファラウラを抱き上げ、魔導二輪の後部にひょいと乗せた。背後から『きゃーっ！』というダムアの嬉しそうな声が聞こえる。

「あ、あの、もう自分で乗れますから……！」

「じゃあ行きましょうか」

ラルジュは一切聞く耳を持たず、さっさと自分も魔導二輪に跨がっている。ファラウラはとりあえず抗議を諦め、ラルジュの腰に両手を回した。

◇

「わぁ、大きいお屋敷……！」

機装騎士団本部詰所から、魔導二輪に乗って約十分。

ファラウラはダムアの用意してくれた屋敷の前にいた。感動しているファラウラに向かい、ラルジュが巨大な門扉を指差した。

「ここは魔錠になっています。解放文言を言って貰えますか。確か貴女の通称で登録されているはずです。それを鍵の前で言ってください」

「は、はい」

ファラウラは魔導二輪から降り、門扉の前に移動する。ダムアが登録したのであれば、通称はこちらの方だろう。ファラウラは大きく息を吸い込み、ゆっくりと魔錠の解放文言を口にした。

「真珠の魔女《サーヘラルウルウ》」

門扉に埋め込まれた魔石が淡く発光し、金属製の重たい扉が軋んだ音を立てながら開く。ファラウラは後ろを振り返った。ラルジュは魔導二輪に跨ったまま、扉が開く様子をぼんやりと見ている。その顔がどこか寂しそうに見え、ファラウラは思わずラルジュに向かって片手を伸ばした。

「セールヴォランさ――」

「あ、ラルジュ！」

突如としてかけられた声に、ファラウラは伸ばしかけた手を引っ込めた。ラルジュは眉をひそめ、小さく舌打ちをしている。声がした方向を見ると、若い男が立っていた。ラルジュより少しだけ背が低い。紺色がかった紫、茄子《なす》色の髪に辛子《からし》色の瞳。美形ではあるが、どこか蛇を思わせるような雰囲気をまとっていた。

「……フォリー。何か用か」

「久しぶり。何だよ、怖い顔すんなって。それより珍しいな、お前が女の子と一緒なんて。恋人？　……じゃないな。お前は一途なヤツだし、そう簡単にイヴェール嬢を忘れたりはしないか」

「お止めなさいな、フォリー」

涼やかな声と共に、フォリーと呼ばれた男の背後から小柄な人影が現れた。

ふわふわとした薄紫色の髪は腰の半ばくらいまであり、紅水晶のような瞳はどこまでも透明感がある。上品で、非常に可愛らしい顔立ちをしている女性だった。

（わぁ、綺麗《きれい》な人……！）

妖精のような風貌の女性はラルジュに近寄り、目の前に立つと愛らしく小首を傾げた。

「ラルジュ。まさかこんな所でお会い出来るなんて思わなかったわ」

「……ご無沙汰しております、イヴェール様」

イヴェールと呼ばれた美しい女性は、ラルジュの左手をそっと握った。

「ごめんなさいね、フォリーを怒らないであげてくださる？　彼、貴方が聖騎士団からいなくなって寂しいのよ。だからあんな風にからかうの」

「え⁉　セールヴォランさんが聖騎士？」

意外な言葉にファラウラは驚き、思わずラルジュの顔を見た。だがラルジュはファラウラに一瞥もくれない。仕方なく一歩後ろに下がった時、それまで黙っていた青年と正面から目が合った。

「こんにちは。ところで、君は誰？」

「あ、こ、こんにちは。私は――」

答えようとしたファラウラの前に、ラルジュの右手が伸ばされる。これは喋るなという事なのだろうか。

「……彼女はマルトー団長の奥さんの友人。俺は護衛をしているだけだ」

「そっか、明日は結婚式か。確か奥さんが魔女なんだよな。ってことは、彼女も魔女なのか？」

「あぁ」

ふぅん、と青年は興味深そうにファラウラを見ている。その視線を遮るように、ラルジュから手を離した令嬢イヴェールがふわりと身を翻した。

「ごめんなさい、ラルジュ。お仕事中でしたのよね。フォリー、もう失礼しましょう」

「はいはい、お姫様」

フォリーは令嬢に向かって慇懃《いんぎん》に頭を下げた後、歩きながら空に向かって名前のようなものを叫んでいた。

「ラルジュ」

フォリーに続いて歩き出したはずの令嬢が、足を止めて振り返った。二つの紅水晶は、真っ直ぐにラルジュの姿を捉えている。

「来月の交流試合には出場するのでしょう？　私も観覧に行くの」

「……そうですか」

「魔導二輪に乗っている貴方、初めて見たわ。天馬を駆る姿も素敵だったけれど、今の貴方も魅力的ね」

「……ありがとうございます」

一人蚊帳《かや》の外に置かれたファラウラの目に、ラルジュがかすかに笑みを浮かべたのが見えた。その瞬間、ファラウラは胸の中で言い知れないざわめきが起きるのを感じた。

（な、何、どうしたの、私ったら）

ファラウラはいきなり予期せぬ感情に襲われた。理由がわからず狼狽えたその時、通りの向こう側に空から天馬が駆け下りて来るのが見えた。聖騎士フォリーは令嬢イヴェールと共に天馬の元へ向かう。ほどなくして、二人を乗せた天馬は再び空の彼方に去って行った。

その姿が完全に消えたところで、ラルジュはファラウラに向かって肩を竦めた。

「すみません。まさかここで知り合いに会うとは思いませんでした。とりあえず中に入りましょうか」

「え？　あ、はい……」

魔導二輪を手で押しながら、ラルジュはさっさと門を通り抜けて行く。その後を追いかけながら、ファラウラは胸につけていたブローチをぎゅっと握った。

心のざわめきは治まるどころか、ますます大きくなっていく。

――初めてラルジュと会った時、素敵な男性《ひと》だな、と思った。

そしてすぐ、『なんて意地悪な人だろう』と考えを変えた。その後のやり取りでは最低なやり方で彼を傷つけたにもかかわらず、魔導二輪から転げ落ちそうになった所を助けて貰った。またこうして屋敷まで送ってくれて、明日には迎えに来てくれる。

もちろん、彼は単に仕事をしているだけだ。

だからあの令嬢との関係を説明してくれなくても、ファラウラには何の関係もない。

なのに、どうしてこんなにも胸がざわつくのか。

ファラウラにはまだ、その理由がよくわからなかった。

◇

ファラウラは先を歩くラルジュの背を見つめながら、指でそっと唇を押さえた。そうでもしないと、喉元まで来ている言葉が口から出てしまいそうだったからだ。

「……魔女さん」

「えっ⁉　は、はい？」

「……僕に何か聞きたい事があるんじゃないですか？」

──黙っていても、不自然な空気はあからさまだったらしい。溜め息と共に吐かれたラルジュの言葉に、ファラウラは身を小さくする。

「いえ、私は……」

「……フォリーは元同僚。僕は二年前まで聖騎士でした」

「は、い……」

ラルジュは淡々と語っている。ファラウラはかろうじて返事をしながら、目眩《めまい》を起こしそうになっていた。己の幼稚な所業が、想像以上にラルジュを傷つけていた事に思い至ったのだ。

「二年前、隣国リートの国境近くの村に高位の魔獣が突然集団で現れる事件が起こりました。協議の結果、討伐には単純火力の高い機装騎士が向かう事になっていた。それなのに聖騎士団の副団長が、自分達が行くと言い張ったんです」

「副団長さんが……？　では、団長さんは？」

「体調を崩して入院をしていました。副団長は団長の許可を得たと言っていましたが、実際には話すら通していなかった」

ファラウラは息を飲んだ。おそらくこの先は辛い話になる。これ以上、過去を思い出させない方が良いのではないだろうか。

そう思うのに、どうしても言葉が出て来ない。理由はわかっている。このつかみどころのない男の過去を、知りたいと思ってしまっているのだ。

「結局、魔獣の討伐は中途半端に終わりました。後から軍の調査部が調べた所、魔獣達の核《コア》は人為的に手を加えられている事がわかりました。筋力も毒性も、段違いに強化されていた。で、僕は右手と右足を吹っ飛ばされて天馬ごと墜落をした。低空飛行をしていたんですけどね、落下した場所が岩の上だったので、衝撃で右目が飛び出しちゃったんですよ」

ファラウラは今度こそ本当に目眩を起こしてしまった。なんて酷い話なのだろう。最初から機装騎士を向かわせておけば、彼がそんな酷い怪我を負う事はなかったのに。

「魔女さん？　大丈夫ですか？」

気づくと、すぐ目の前にラルジュが立っていた。

魔導二輪は、少し先に停車させてあるのが見えた。

「私は、大丈夫です……」

「あぁ、気分が悪くなりました？　そうですよね、目玉が飛び出した話なんて聞きたくなかったですよね」

「いえ！　いえ、違います」

そうではない。右の目と手足を失ってまで国の為に戦った人間に対して、そんな事は思わないし思える訳がない。

「痛かった、でしょう」

「……はい？」

「痛くないはずがないわ、だってそんなに大きな怪我を負ったのですもの。身体も心も、とても痛くて苦しかったはずです。それなのに私ときたら……。本当にごめんなさい、セールヴォランさん」

心からの謝罪を述べながら、ファラウラは両手を伸ばしてラルジュの機械の右手に触れた。怒られるかも、と一瞬思わなくもなかったが、それならそれで仕方がないと開き直っていた。

「すごく綺麗な黒鋼の手だわ。魔導二輪と同じ紋様が刻まれているのね」

手を握ったまま見上げると、ラルジュは特別怒ってはいなかった。

その代わり、何か珍しい生き物でも見たような顔をしている。

「……ええ。機装騎士には手足がないヤツがごろごろしていますから、整備の際に誰の手足か誰の魔導二輪かわからなくならないよう、目印代わりにそれぞれ模様を刻んでいるんです」

「お顔の刺青も、ですか？　同じクワガタ虫が魔導二輪に刻んであるわ。セールヴォランさんは虫がお好きなの？」

「いえ、特には。単に僕の手足の動力源に使用しているのが〝銅哭鍬形《どうこくくわがた》〟の核なので、何となく」

――さらりと告げられた言葉に、ファラウラは目を丸くする。意味が理解出来ないというよりも、これは部外者に話して良い内容なのか、と思ったからだ。

だが、ラルジュは更に話を続けていく。

「僕らの身体に使われている部品を動かすには、魔獣の核が必要不可欠なんです。核を半分に割って身体に埋め込む事によって、核が修復しようとする力を利用して部品を動かす。僕の場合は右腕の付け根と右足の付け根にそれぞれ動力として核が埋め込まれています。部品内の動力回路については機導鋼術の機密になりますので、僕達ですらわかりません」

「そ、そうですか……。あの……」

「言っておきますが、今の話も機密事項ですから誰にも言わないでくださいね」

「は、はい！　もちろんです！」

やはり機密事項だったのか、とファラウラは顔を強張らせた。

そしてふとある事に気づき、急いで両手を引っ込めた。話の間中、ラルジュの右手をずっと握っていた事を思い出したのだ。

「ご、ごめんなさい……」

はしたない事をしてしまった、と項垂れていると、押し殺したような低い笑い声が聞こえた。そっと目線だけ上げると、ラルジュが声を抑えて笑っている姿が目に入った。

「あの、セールヴォランさん——」

「あぁ、すみません、つい。じゃあ僕はここで失礼します。本当は屋敷内を案内するところまで言われていたんですが、時間が来てしまいました。屋敷内には側仕えがいますので、彼らに内部の事を聞いてください。明日の朝にまた迎えに来ます」

それだけ言い置き、ラルジュは踵を返すとさっさと魔導二輪の元へ向かっていく。

ファラウラは慌ててその背を追った。

「待ってください！　その事ですけど、私はやっぱりホウキで——」

「教会に到着してから飛べば良いでしょ。僕が下から見ていてあげますから」

有無を言わせない口調で言われ、ファラウラは仕方なく頷く。確かに、疲れや緊張でまた熱を出す可能性もゼロではない。ここは言う通りにしておいた方が無難かもしれない。

「……わかりました。明日はよろしくお願いします」

「はい。あぁ、貴女も早く休んだ方が良いですよ。ではまた明日」

――排気音と共に去っていくラルジュの姿を見送りながら、ファラウラはどこか胸中に霧が立ち込めたような思いを抱えていた。

ラルジュが初対面の自分に過去を含め色々と話してくれた。それは素直に嬉しいと思う。けれど、気を許して貰っている訳ではない事はわかっていた。

（セールヴォランさん、さっきの二人の前では〝俺〟って言うのね……）

現在のラルジュを碌に知りもしないのに、過去のラルジュを知る権利はない。

それはわかっているのに、ファラウラは胸の内の霧を晴らす事が出来ないでいた。

◇

ラルジュ・セールヴォランは魔導二輪を駆りながら、大きな溜め息を吐いた。

今日は感情を乱されてばかりいる。原因はあの魔女である事はわかっていた。

初めて会った時は、少し顔が可愛いだけの田舎娘だな、としか思わなかった。

そして迎えに来るのが聖騎士だと思い込み、戸惑ったような顔をしていた女に無性に苛立ちを覚えた。その苛立ちに任せて宝石魔女である事を暗に揶揄《やゆ》すれば、こっちの古傷を抉《えぐ》るような反撃をして来た。

動揺を隠しつつ、悲しげな顔をしてみせるとひどく狼狽えていた。おまけにちょっと甘い態度を取っただけで、簡単に頬を染めるお手軽な女。

と、思っていたら単に熱を出していただけだったり、後部座席から転げ落ちそうになったりと、もう散々だった。

——それなのに。

『痛かったでしょう』

『身体も、心の方だってとても痛くて苦しかったはずです』

そう言いながら、そっと機械の右手に触れて来た。婚約者だったイヴェールですら、触れようとしなかった右手に。

「……なんであんなにベラベラと喋ったんだろうな。馬鹿か俺は」

なぜ、会ったばかりの女にここまで気を許してしまったのだろう。

イヴェールの洗練された美しさとは比べ物にならない、あの純朴な魔女に。

ラルジュは苦く笑った。確かに、イヴェールに未練がなかったと言えば嘘になる。

手足と右目、そして魔力を失い聖騎士ではなくなった途端にあっさりと婚約を破棄されても、嫌いにはなれなかった。一度も見舞いに来てくれる事はなかったけれど、大切な女性には変わりなかった。

「……あの魔女を、利用するつもりだったのに」

上手く誘惑して抱く事が出来れば、一時的に魔力が充填される。

その状態で聖騎士との交流試合に挑めば、もう一度イヴェールの隣に立てるかもしれない。

けれど今は、そんな気は一切失せている。

『今の貴方も魅力的ね』

そう微笑む彼女は、以前と変わらず愛らしかった。けれど久しぶりに会ったラルジュの身体を労わる言葉は一切なく、容姿にしか言及して来なかった。

おまけに他の女の存在を完璧に無視する態度は、見た目の優雅さとはかけ離れていた。

思わず、笑ってしまうほどに。

「……ま、俺が手軽で甘い男だったって事だろ」

そう自嘲気味に呟きながら、ラルジュは己の右手をじっと見つめた。

鋼の右手は一切温度を感じる事はない。

なのに、小さく柔らかな手の温もりが、まだそこに残っているような気がした。

◇

翌日の朝。

ファラウラは食堂で優雅に紅茶を飲んでいた。その横では、焦《こ》げ茶色の髪のメイドが甲斐甲斐しく給仕をしている。

――昨日、一人屋敷に入ったファラウラを出迎えてくれたのは、中年の夫婦とその娘だという若い女性だった。

親子は普段、独身の若い騎士達が暮らす寮で食事や身の回りの世話をしているらしい。ただし夫婦は交代で寮に戻るらしく、実質この屋敷に住み込みファラウラの面倒をみてくれるのは、ほとんどメイドの娘だけになる。

メイドの名はプリム。ファラウラより二つ年上の二十六歳で、機装騎士の中に恋人がいるという。

「魔女様のドレス、とても素敵ですね！　アシエでは見た事のないデザインです」

「ありがとうございます。普段は地味な服装ばかりだから、たまにドレスを着ると緊張してしまいます」

ファラウラは、緑の生地に金糸で複雑な模様を刺繍《ししゅう》した結婚式用のドレスを身にまとっていた。首元には真珠を縫い込んだストールを巻き、足首にも真珠のアンクレットをつけている。

「いいえ、ドレスもですけど、魔女様も本当に綺麗です！　機装騎士はガサツな人間が多いですから、魔女様をお守りするように彼に言っておきました」

「お守りだなんて。ところでプリムさんのおつき合いなさっている騎士様、お名前は何とおっしゃるのですか？　私、今日お会いしたらご挨拶しておこうと思っているんです。だって、プリムさんを二ヶ月近く独占してしまうもの」

ファラウラはプリムに申し訳なく思っていた。

「いえいえ、そんな事は気にしないでください。団長の結婚式が終わったら彼の所属する隊はお仕事に行くんです。ちょっと遠くみたいだから、帰って来るのはいつになるかわかりません。だから大丈夫です」

プリムは照れたように笑っている。その素直な笑顔に、ふと今日の主役であるダムアの顔が重なった。

「という事は、あの子は結婚式の後ですぐに一人になってしまうのね……」

ファラウラは泣き虫だったダムアを思い表情を曇らせた。だが、プリムは首を横に振っている。

「いいえ、今回は副団長が隊を率いて行くんです。新婚の団長に奥さんを放ったらかしにさせる訳にはいかないし、休暇を取って貰わないと困るって副団長が進言したみたいで」

「……セールヴォランさんが」

「はい。副団長、いつもやる気なさそうなのに時々こう、熱いんですよね。それを本人に言うとめちゃくちゃ嫌そうな顔するんですけど」

ファラウラはクスッと笑った。その『めちゃくちゃ嫌そうな顔』が容易に頭に浮かんだからだ。

「……でも、ちょっと心配なんです」

プリムが少し声を落とした。

「心配？」

「はい。団長がお休みの場合、本部の指揮を取るのは副団長です。だから副団長が本部を離れる事はまずありません。なのに、本部を空けてまで副団長が同行するって事は、すごく危険なお仕事なんじゃないかなぁって……」

先ほどまでの朗らかな様子から一転、プリムは不安そうな顔をしている。

その顔を見ている内に、ファラウラの胸にも不安が湧き上がって来た。

（ううん、私が心配しても仕方がないわ。セールヴォランさんだって、私なんかが心配するより……）

――昨日は結局、あの妖精のように美しい女性については何一つ教えては貰えなかった。もちろん、会ったばかりの人間に自分の知人を紹介する義務など、一切ない事ぐらいわかっている。

「おつき合いなさっている方の事、心配ですね。私も無事をお祈りしています」

「ありがとうございます、魔女様。……駄目ですね、私ったら。せっかくのお祝いの日にこんな事を言うなんて。うん、大丈夫です。私の彼は強いし、副団長はもっと強いから」

ファラウラは頷きながら、口元にかろうじて笑みを浮かべた。

# 第二章　薔薇《ば ら》竜の娘

朝食を終え、身支度を完璧に調えたところで外から特有の排気音が聞こえた。

途端に胸が弾む。ファラウラはそんな気持ちをひた隠しにしたまま、プリムに見送られ屋敷の外へと向かった。

そして魔導二輪に跨がるラルジュに、澄ました顔で朝の挨拶をする。

「おはようございます、セールヴォランさん」

「おはようございます、魔女さん。……よくお似合いですね、そのドレス」

「……っ！　本当ですか⁉」

予想外の褒め言葉に、ファラウラは思わず前のめりになる。そんなファラウラを嘲笑うように、ラルジュはツンと顎を上げた。

「昨日の地味な服装に比べたら、ですが」

「……そう、ですか」

ファラウラは落胆を隠しつつ、ラルジュに笑顔を向けた。

「昨日よりマシになっているなら良かったわ」

そう強がりつつ、革張りの座席を手の平で撫でる。自分は何を期待していたのだろう。

(馬鹿なファラウラ。この人が私なんか褒めてくれる訳ないじゃない)

内心で自分自身を責めているうちに、ファラウラはふと気づいた。

「……あら?」

「どうしました?」

「いえ、あの、魔女さん、っておっしゃったから……」

──てっきり、あの可愛らしいアシエ語で呼ばれるのだと思っていたのに。

「あぁ、真珠《ペルル》の事ですか。あれはただ、アシエ語ではこうですよ、と教えただけです。大体、そう呼ぶとは一言も言っていませんが」

「……そうでしたわ」

見つからないようこっそり溜め息を吐いた後、ファラウラは瞬時に気持ちを切り替えた。今日は大切な後輩の結婚式。こんな些細な事に気を取られていてはいけない。

──幸せが始まる日の朝は、幸せな顔でいなくては。

「お願いします」

ファラウラは両手に持った羽根箒をラルジュに差し出した。無言で受け取ったラルジュは、それを後部に括りつけていく。そしていつもの通りにファラウラの腰に手を回し、軽々と抱き上げた。この流れにも慣れ、恥ずかしさは微塵《みじん》も感じない。

だが、ラルジュはなかなかファラウラを後部座席に下ろそうとしない。抱き上げたままの姿勢で、何かをじっと考えている。

「セールヴォランさん？　遅れてしまいますよ？」

「………です」

「ごめんなさい、よく聞こえなかったわ」

「綺麗です、と言いました。……すみません、さっきは貴女があんまり嬉しそうだったので、つい」

ラルジュは目を合わさないまま、ファラウラを座席にそっと下ろした。

「あ、ありがとうございます……？」

「まぁ、しばらくアシエにいるなら洋服のセンスを磨いていったらどうですか？　今日は確かに綺麗ですけど、昨日の服装、アシエでは流行遅れです。まぁまぁ顔が可愛いのに、もったいないですよ」

「え、か、可愛い⁉」

「〝まぁまぁ〟って言いましたよ、僕は」

悪びれもせず言う男に、ファラウラは頰を膨らませる。

けれど、先ほどまで落ち込んでいた気分は呆《あき》れるくらいに綺麗さっぱりと晴れていた。

◇

仮住まいの屋敷から十分ほどで結婚式が執り行われる教会へ到着した。時刻は午前九時。式は十時過ぎから始まる。

「ありがとうございます、セールヴォランさん。では、また後で」

「体調は問題ないですか？　墜落しないか下で見張っていますから、どうぞ行ってください」

ラルジュは魔導二輪からファラウラを下ろし、ホウキを外して手渡してくれた。しかしファラウラは動かない。

「……あの、下から見てくれなくても大丈夫ですよ？　体調は平気ですし、お部屋はすぐそこですもの」

「何を意識しているんですか？　まさか僕がドレスの中を覗くとでも？」

呆れたような口調のラルジュに対し、ファラウラは慌ててぶんぶんと首を振る。覗かれるとは思っていないが、何となく恥ずかしい。だがそれを説明したところでラルジュは納得しないだろう。ファラウラは潔く諦め、素早くホウキに跨った。

魔力を込めるとホウキがふわりと宙に浮く。教会前を歩く通行人が、興味深そうにこちらを見ているのが目に入った。

「で、では失礼します」

ファラウラは急いで教会の上部に向かった。時間にして一分もかからない内に窓辺に到着する。窓は大きく開け放たれていた。

そのまま部屋の中に侵入し、部屋の中央まで来たところでトン、と絨毯《じゅうたん》の上に降り立った。

「わぁ、素敵なお部屋」

小さな部屋の中は、一人用の机と長椅子が置かれていた。机の上には花束が飾られ、長椅子には美しい刺繍の施された布がかけてある。

この部屋は、教会の鐘を清掃したり定期点検をする際に、業者が道具を置いたり休憩をしたりするために使う。本来は殺風景なはずだ。それが、短い時間とはいえ快適に過ごせるように心を砕いてあるのが見て取れた。

ファラウラの心が、じんわりとした温かさに満ちていく。

「ダムアは本当に優しい子ね」

そう呟きながら、ホウキを立て掛けるべく窓際に近寄る。何気なく外を眺めた時、まだ地上にラルジュがいるのが目に入った。気のせいか、こちらを見上げているようにも見える。

「何をしているのかしら、セールヴォランさん」

ファラウラは首を傾げながらも、地上に向かって手を振ってみた。

もちろん手を振り返して貰えるとは思っていない。

案の定、ラルジュは即座に顔を背けてその場からあっという間にいなくなってしまった。

＊＊＊＊＊＊

苺色の髪の少女が、悲しげな顔でうつむいている。

『使い魔が発現しなかった？　竜以外も？　なぜだ？』

――私にもわからないの。本当にごめんなさい、お父様。

『まさか、魔力の高い貴女が宝石魔女になるなんて……』

――許してお母様。恥をかかせるつもりはなかったの。

『やれやれ、部屋を改装までしたのに。まぁこうなっては仕方がないな』

――私も、お部屋に使い魔を入れるのを楽しみにしていたわ、ライムーンお兄様。

『姉様の竜はどこー？　早く見たいわ！』

――マイヤ、姉さまの竜はいないの。お部屋には貴女の竜を入れてあげてね。

絶対に失望したはずなのに、家族はそれ以上何も言わなかった。

彼らの瞳に困惑と動揺は色濃く浮かんでいたものの、怒りや軽蔑の言葉を直接ぶつけられる事はなかった。本当はそれが一番辛かった。

そんな腫れ物に触るような扱いをするくらいならいっその事冷遇して遠ざけて欲しかった。だから自ら家を出た。そして先祖代々魔法使いの『薔薇竜の家』と呼ばれるマルバ家の者であれば、絶対に就かないであろう小さな港町の灯台守になった。

宝石魔女の自分は、父や兄のように王族付きの魔法使いにはなれない。例え家の力で王宮に入っても、分不相応だし空しいだけだ。

それに仕事も案外とやりがいがあって楽しい。

だから、何も悲しくなんかない。

「う……」

頬を撫《な》でる柔らかな風に起こされ、ファラウラは目を覚ました。窓際に椅子を持っていき、外の景色を眺めている内にうとうととしてしまったらしい。

「大変、今は何時かしら」

慌てて現在時刻を確認する。壁に引っかけてある古びた時計を見た瞬間、ファラウラはホッと肩の力を抜いた。教会に入る時間まで、後三十分はある。

本当に少し眠ってしまっただけらしい。

「どうして、おめでたい日にあの夢を……」

ここ最近はほとんど見なくなっていた夢。そういえば、昨日も熱でうなされている時に実家の夢を見ていたような気がする。

「セールヴォランさんに失礼な事をした報いかしら……」

ファラウラはあの意地悪な騎士の顔を思い浮かべた。途端に、胸が高鳴っていく。

昨日まで確かに戸惑いを感じていたはずの、胸の鼓動の意味。

さすがにそれがわからないほど子供ではない。だがまさか、自分がいわゆる『一目惚れ』というものに陥るなんて、思ってもみなかった。

◇

礼拝堂に降りたファラウラを出迎えてくれたのは、ダムアの両親だった。

「はじめまして、真珠の魔女。父のザイト・アクルです」

「母のジブナです。話は聞いていたけれど、お綺麗な方だわ。在学中は娘が本当にお世話になりました」

——ダムアの両親は二人とも魔法使いではない。一般的には、いくら魔力が高くても実の娘や息子の名前が封印により呼べなくなる、という制約に抵抗を示す親も少なくない。そうすると、やはり代々魔法使いの家系の子供が必然的に多くなる。そんな中、ダムアは学校内でも珍しい一般家庭からの入学なのだ。

「いいえ、お嬢様には私の方が助けられていました。本日はおめでとうございます」

ダムアの両親に促され、ファラウラは左側前方の席に案内された。

席の左右には、きっちりと軍服を着込んだ機装騎士達がすでに着席をしている。

彼らは皆、好奇心に満ちた視線をファラウラに向けていた。

(は、恥ずかしい……)

顔を伏せて歩きたい気持ちを懸命に抑えながら、軽く会釈をしながら用意された場所に着席する。

横長に広い木製の椅子。その席にいるのはファラウラただ一人だった。両家の家族は通路を挟んで右側の席に座っている。

『おはようございます、真珠の魔女。今日もお美しいですね』

涼やかな声と共に、隣の席に飛び上って来たのはダムアの使い魔である銀の仔猫だった。いつもは何も身に着けていないのに、今日はシルクのネクタイを首に締めている。

「おはよう。あなたはいつもそうやって褒めてくれるわね」

『事実を述べているだけですよ』

「ありがとう。あなたも素敵よ？　そのネクタイはダムアの手作りでしょ？」

『……何事も不器用な主の作ですが、まぁ悪くはないかと』

仔猫は澄ました顔をしているが、ネクタイに触れる前足はどこまでも優しい。

その様子に、ファラウラは柔らかな笑みを浮かべた

使い魔はその大きさで等級が決まる。最も小さな使い魔は『鼠《ネズミ》』でその次が『猫』。銀の仔猫は使い魔としては低ランクの部類になる。

けれど、ダムアはこの銀の仔猫を本当に大切に思っている。

彼女にとっては、仔猫は使い魔ではなく家族なのだ。

――最上ランクの『竜』の主であるマルバ家の面々は、使い魔をあくまで『使役するもの』としか見なしていないというのに。

『真珠の魔女、どうかなさいましたか？』

「いいえ、何でもないわ」

胸によぎる寂しさを振り払うように、ファラウラは周囲を見渡した。

機装騎士達は楽しそうに会話をしていた。初めて会うファラウラにも、彼らの仲の良さが伝わって来る。

そして皆、ラルジュと同じように手や足が黒鋼製だった。中には、両目に義眼と思しき宝石がはめ込まれている者もいる。

そんな中、ラルジュはすぐに見つかった。左後方の席で、女性騎士と何やら談笑をしている。

(女性もいらっしゃるのだわ……)

長く美しい金髪を後ろで三つ編みにしている女性騎士。その右手も、黒鋼色の義手になっていた。ファラウラの胸に、重苦しい澱《よど》みが蓄積されていく。

それが『嫉妬』と呼ばれるものだと、なぜかすぐにわかった。

初めての感情に動揺するファラウラの目の前で、ラルジュがいきなり声を上げて笑った。

(……あ)

端正な顔に浮かぶ素の表情に、思わず目を奪われる。ラルジュは己の右手を女性騎士の右手にコツンとぶつけていた。それを目にした瞬間、膨らんでいた嫉妬心がまるで空気が抜けるように萎《しぼ》んでいく。

――彼らの絆は、自分などの想像が及ばないほどに強くて固いのだ。

そこに、邪《よこしま》な気持ちを抱く自分が入る余地などあるはずがない。

ファラウラは必死で顔を動かし、二人から目を逸らす事に成功した。

だが、じくじくとした胸の痛みは変わらない。

『真珠の魔女？　どうかなさいましたか？』

「え、えぇ、ちょっと胸がいっぱいになって」

心配そうな顔の仔猫に、何事もなかったかのように笑顔を向ける。

『主の気配が近づいて来ます。そろそろ主役の二人が現れますよ。……あ』

「どうかした？」

『……主が、今ドレスを踏んで転びかけました』

仔猫は前足を額に当て、やれやれというように首を振っている。その微笑ましい様子に、ファラウラは胸の痛みが和らいでいくのを感じていた。

荘厳な音楽と共に、花嫁と花婿が入場して来る。可愛がっていた後輩の美しさと晴れやかな笑顔を目にした瞬間、両目に涙が盛り上がって来た。

――魔法学校では、この心優しい後輩は何度も壁にぶつかっていた。それは自分自身の問題であったり、他人から向けられた悪意だったり様々だった。

『涙』が通称になるくらいには泣き虫だったけれど、決してくじける事はなかったし、何より芯の強さを持っていた。

それを物語るのが、学生時代の出来事。ある時ファラウラは、後輩が同級生から陰湿な嫌がらせを受けている事を偶然知った。

ファラウラはその相手を見つけ出し、怒りのままに雷撃魔法を使おうとした。

だが結局、魔法を展開させる事はなかった。当のダムアが嫌がらせ犯を必死でかばっていたからだ。本当に、誰よりも心優しい娘。

この幸せは、彼女のような女性にこそ与えられるべきものだ。

「ダムア、おめでとう……！」

ファラウラは両目からぽろぽろと涙をこぼしながら、可愛い後輩に心からの拍手を送り続けた。

◇

「ルゥルゥ先輩！」
無事に式を終えたダムアが、ファラウラの元に駆け寄って来る。ウェディングドレスをなびかせ、教会の外に飾られた薔薇の門をくぐり抜けて走るダムアはとても愛らしい。けれど、その覚束ない足元に不安を感じ、自らも後輩の元へ駆け寄った
『主！　走ってはなりません！』
仔猫が己の主を叱責する。案の定、ダムアは躓《つまず》き大きくバランスを崩した。ファラウラ

は慌てて両手を差し出し、後輩を支える。

「もう、駄目じゃない！　せっかくの式の日に怪我でもしたらどうするの！」

「えへへ、ごめんなさい、先輩」

ダムアは悪戯《いたずら》っ子のような顔をしながら、ファラウラの胸に顔をうずめた。

が、すぐに顔を上げ軽く首を傾げる。

「ん？　あれ？」

「どうしたの？」

「……先輩、また胸、大きくなりました？」

「な、何を言っているの、変わらないわよ」

「そうですか？　あー、それにしても懐かしい感触！　よくこうやって先輩に甘えさせて貰ったのを思い出すなぁ」

じゃれつくダムアを、夫であるノワゼット・マルトーは苦笑いを浮かべながら見ている。

「ほら、旦那様が寂しそうにしてらっしゃるわよ」

ファラウラは甘える後輩の頬を、指で優しく突っついてやった。

ダムアが夫の元に戻っていくのを見送った後、ファラウラは披露宴が行われる庭園へと足を向けた。

「魔女様！」

後ろから声をかけられ、振り返る。そこには若い司祭が立っていた。

司祭の顔は、明らかな喜色に満ちている。

「司祭様、どうかなさいました？」

アシエの司祭が、自分に一体何の用だろう。

「魔女様、この度は素晴らしい贈り物をありがとうございます。まさか貴女様が〝薔薇竜の家〟のお方だったとは！　あれほど美しい薔薇の門は見た事がありません。新郎新婦の門出に、これ以上相応しいものがあるでしょうか……！」

「贈り物？」

何の事だろう。ファラウラは夫と共に立つ後輩ダムアに目を向けた。

ダムアも同じく、不思議そうな顔でこちらを見ている。

その時、銀の仔猫が血相を変えたように薔薇の門に向かって走って行った。

ファラウラは仔猫の後を追うように、門へと視線を向ける。先ほどダムアがくぐり抜けて来た、美しい薔薇の門。

こういった花の門は、夫婦になった二人がくぐり抜ける最初の試練が美しい花の門をくぐる事であればよい、という意味合いから結婚式には必ず用意される。

それは一種の儀式でもある為、教会が用意する事がほとんどだ。

――だがこの薔薇の門は、上部の飾りに薔薇の花弁を鱗に持つ竜の紋章が刻み込まれている。

「……これは」

ファラウラは息を呑んだ。薔薇から生まれた竜。それはファラウラの生家、マルバ家の紋章に他ならない。

「本日の早朝に届いたので、式の直前に設置しました。本当に光栄です。私はアシエ人ですが、ついこの間までモジャウハラートに住んでいました。魔法使いにはなれませんでしたが、〝薔薇竜の家〟は一度でも魔法使いを志した者には憧れの存在です。まさかアシエでお会い出来るなんて……！」

「そ、そうでしたか……」

相槌を打ちながら、目線をそっと横に動かす。

すると、夫の手を振り払ったダムアが顔色を変えて走って来るのが見えた。

ファラウラは大きく溜め息を吐いた。おそらくこれは、兄ライムーンの仕業だ。

兄もダムアの事はよく知っている。純粋に祝う気持ちからなのだろうが、どうして一言相談してくれなかったのだろう。

「差し出がましい真似をして申し訳ございませんでした。お花の門は教会で用意なさっていたのでしょう？」

「いいえ、とんでもございません。教会で用意した門なんてささやかなものですから。ところで魔女様、使い魔様はどちらに？　この後は庭園での食事になりますが、当教会の庭園はかなり広いので使い魔様をお連れしても大丈夫ですよ」

「……え？」

「薔薇竜の家の使い魔様は代々竜なのですよね？　大きさはどの程度でしょうか？　馬と同じくらいであれば余裕でございます」

　――周囲は静まり返っている。

　ファラウラは込み上げる劣等感と惨めさに耐えながら、殊更明るく振舞ってみせた。

「あら、私に使い魔はおりませんの。私は宝石魔女なのですわ」

　満面に笑みを浮かべていた司祭の顔が、みるみるうちに不審の色を帯びていく。

　その次に言われる言葉に予想はついていた。ファラウラは、心に向かって飛んで来るであろう衝撃に備える。

「……宝石魔女様、なのですか？　薔薇竜の家の方なのに？」

「ええ、そうです。ごめんなさいね、ご期待に沿えなくて」

　ファラウラは内心、胸を撫でおろしていた。この程度の反応ならば何という事はない。中には面と向かって『養女なのか』と聞いて来る者すらいたのだから。

「止めなさい、ミルハ！」

　安堵に肩の力を抜いたところで、新郎であるマルトー団長の焦ったような声が聞こえた。

　それに驚いたファラウラの目に飛び込んで来たのは、怒りに身を震わせるダムアの姿だった。前方に突き出した両手の前には、大きさが虎ほどもある炎の猫がいる。

　それはダムアの得意な炎魔法。炎猫は恐怖に固まる司祭に向かって炎の牙を剝いた。

「先輩は、先輩は天才なの！　宝石魔女だから何⁉　薔薇竜の家の誰よりも、先輩は強くて優しい人なの！　わたしの大好きな先輩を、馬鹿にしないでよ！」

「ダ、ダムア⁉　あなた、何をしているの⁉」

ファラウラは慌てて使い魔の仔猫を探す。仔猫は薔薇門の上にいた。

マルバ家の紋章で、呑気に爪など研いでいる。団長やファラウラの悲鳴は聞こえているはずなのに、なぜかその場を動こうとしない。

「よしなさい、ダムア！　司祭様、とりあえず私の後ろに――」

ファラウラは狼狽えるばかりの、若い司祭の襟首を掴み自らの背後に押しやった。

マルトー団長の後方では、ラルジュがこちらを見つめている。

黒と青の両目には驚きが浮かんでいた。その顔に軽蔑や同情が浮かぶのを見るのが怖くて、ファラウラは目を逸らした。

「もう、仕方がない子ね……！」

ファラウラは片手を天に向かって振り上げた。身に着けている真珠により、魔力が練り上げられていくのがわかる。数秒の後、炎猫を飲み込むほどに巨大な氷の竜が空中に現れた。背後に隠れている司祭が、驚きの声を上げている。

「氷雪系の魔法は練り上げるのが難しいはずなのに！　こんな一瞬で、ここまで巨大な氷の竜を生み出せるなんて……」

――氷の竜が大きな顎をゆっくりと開ける。凍てつく顎の間には、青白く光る雷撃が渦を巻いていた。

「嘘だろ、複合魔法なんてどれだけの魔力が必要だと思ってるんだよ……！」

機装騎士達の驚愕する声と同時に、怒りに我を忘れたダムアの両手から炎猫が放たれて行く。ファラウラは冷静に片手を振り下ろした。氷竜は突進してくる炎猫を難なくあしらい、巨大な顎で一呑みにする。炎猫は瞬時に凍りつき、竜の体内で粉々に砕けて散った。

魔力の化身である炎猫を一瞬にして失い、ダムアはよろめき大きく態勢を崩した。

「やっぱり、先輩は強いな……」

『まったく、主ときたら。真珠の魔女の実力は、あなたが一番ご存じでしょうに』

「わかってるわよぉ……」

ダムアはペタリと座り込み、グスグスと鼻をすすっている。ファラウラはそんな後輩に近寄り、ふわりと抱き締め頭を撫でた。

「ありがとう、ダムア。私の為に怒ってくれて」

「ごめんなさい、先輩……。薔薇の門の事、気づかなくて……」

「いいの。それにしても悪い子ね、結婚式の日に、旦那様に心配をかけるなんて」

「だってぇ……」

「ほら、立って。旦那様がお待ちになっていらっしゃるわよ？　早く庭園に行きましょう？　私、お腹が空いてしまったわ」

ファラウラはダムアを立たせた後、自身はそっと後ろに下がった。

それと入れ替わるように、夫のノワゼットが駆け寄り妻ダムアの身体を抱き上げる。

「ちょ、ちょっと、ノワ君⁉」

「行くよ、ミルハ。まったく、キミは本当に目が離せない」

「ごめんなさぁい……」

しょんぼりとする妻を愛しげな目で見ながら、夫は庭園へと足を運ぶ。

ファラウラはホッと安堵の息を吐いた。

「司祭様、お怪我はございませんか？」

「は、はい、大丈夫です……。あの、魔女様。先ほどは、大変失礼な事を……」

「お気になさらないで」

ファラウラは微笑み、そして今度こそ庭園へ向かう。一歩踏み出した途端、背後から腕がいきなりと掴まれた。

「きゃっ⁉　な、何⁉」

「……ちょっと良いですか」

「は、はい？」

腕を掴んでいたのは、蒼玉の義眼を煌《きら》めかせたラルジュだった。逆光でよく顔が見えないが、宝石の気配を読まずともわかった。ラルジュはなぜか、怒りの感情を抱いている。

（何を怒っているの？　私が魔法を使ったから？　でも、見せびらかしたつもりは……）

困惑するファラウラを、ラルジュは庭園とは反対側に引っ張っていく。

グイグイと引っ張られながら、ファラウラは式の直前、ラルジュと話をしていた金髪三つ編みの女性騎士が心配そうに見つめている事に気づいた。

「あ、あの、セールヴォランさん……！」

よくわからないが誤解を受けたくはない。だが手を振りほどこうともがいてみても、ラルジュの腕はびくともしない。

「副団長、魔女様に乱暴な真似をしないでくださいよ。俺、プリムから魔女様をお守りするように言われているんですから」

「え……？」

どう見ても美しい女性にしか見えないその人物から、発せられた低い男の声。

ファラウラは飛び上がって驚いた。確かに長身ではあるが、まさか男性だったなんて。しかも『プリム』と言っていた。という事は、この麗人はプリムの恋人に間違いない。

「……彼は僕の隊の副長です。安心しました？」

「な、なぜ!? 私は、別に……！」

「式の直前、ずっとこっちを見ていたでしょ？　だから妬いているのかな、と思ったんですが」

「ち、違います！　妬いてなんかいません！」

「そうですか。おいリュシオル、団長と奥さんに伝えておいてくれ、僕と魔女さんはちょっと遅れていくから」

リュシオル、と呼ばれたプリムの恋人は困ったような顔で頷いていた。

どうやら、助けては貰えないらしい。

救いの手は早々に諦め、引っ張られるがまま大人しくついて行く。

ファラウラは手首より少し上を摑む鋼鉄の右手を見つめながら、どうせなら手を繫《つな》いでくれれば良かったのに、とぼんやり考えていた。

◇

庭園の反対にある、庭師達の器具がしまわれている小屋の横。

ラルジュは人気のないその場所で、ようやく摑んでいた手を離した。

離れていく金属の感触に一抹の寂しさを覚えながら、ファラウラは摑まれていた場所にそっと手を触れた。

「すみません。痛かったですか？」

「いえ、大丈夫です。それよりも、あの……」

――わざわざ人目を避けて、こんな場所に連れて来た理由が知りたい。

一体何を言うつもりなのだろう。ラルジュからは、怒りの気配は消えている。ファラウラは謎の期待と微かな不安に身構えた。

「あの、なんのご用でしょう」

「……なぜ、言い返さなかったんですか」

「はい？　何を、ですか？」

「司祭に、〝薔薇竜の家の人間なのに宝石魔女なのか〟と言われた時です。言い返せば良かったじゃないですか」

「あぁ、その事ですか」

何かと思えばそんな事か。ファラウラは安堵と落胆、二つの感情を抱えながら先ほどのように笑って見せた
「だって、慣れていますもの。仕方がないですわ、我が一族は司祭様がおっしゃっていたように、使い魔は必ず竜です。その歴史を守る為に、血族婚を推奨するほどに。私の両親も従兄妹同士ですの。そんな家系から宝石に頼るしかない宝石魔女が輩出されてしまったのですから、驚かれるのも無理ありませんわ」

「……泣きそうな顔をしていたクセに。今だってそうじゃないですか。急に堅苦しい喋り方をして、自分の心を防御している」

「わ、私は、別に……！」

ファラウラの胸の内に、静かな怒りが湧き上がって来た。

なぜ昨日会ったばかりの人間に、ここまで踏み込んで来られなければならないのだ。

大体、そんな弱い気持ちはとっくの昔に克服している。

「私は泣きたいとは思っていませんし、心の防御もしていません。お話はそれだけです

か？　では、もうよろしいですよね。早く庭園に――きゃあっ⁉」

いきなり伸ばされた右腕に強く抱き寄せられ、そのままラルジュの胸元に頭を押しつけられてしまった。突然の事に、声を出す事さえも出来ない。

ただ狼狽えるファラウラの耳に、感情を押し殺したような低い声が聞こえた。

「……僕の家は代々聖騎士です。アシエ人はそもそもの魔力量が他国人よりも少ないけど、セールヴォラン家の人間は皆、高い魔力を持っています。貴女の実家のように近親婚を推奨してはいないですが、家系を遡っていくと先祖に魔法使いだっている。けれど、なぜか子供に恵まれない者が多い。僕も一人っ子です。ですから、聖騎士でいられなくなってしまった時は、親戚中が大騒ぎをしました」

ラルジュは穏やかに語っている。

「昨日、元同僚のフォリーと一緒にいたのはイヴェール・ミルティユ。聖騎士団の団長令嬢で、僕の元婚約者です。彼女との婚約が破棄になった時、僕の両親は何も言わなかった。何も、です。僕を罵倒もしなければ、案じる訳でも慰めてくれる事もなかった」

淡々としたラルジュの声を聞く内に、瞼の奥から熱い何かが込み上げて来る。

ファラウラは唇を噛んでそれに耐えた。だって自分は、泣きたいなんて思う事は許されなかったから。

「……泣けるんだったら、今の内に泣いておいた方が良いですよ。僕はもう、それすら出来なくなってしまった」

黒鋼の右手が、ファラウラの頭に軽くぽんぽんと触れる。その瞬間、両目から涙が一気にあふれ出して来た。頰を流れる雫に戸惑っていると、片手で強く抱き締められた。

今、触れている手は黒鋼の義手なのに、なぜだかとても温かくて優しい。

その温かさのせいなのか、涙と共に言葉も口からこぼれ落ちていく。

「……ずっと、今でも夢に見るの。私が宝石魔女だとわかった、入学式の事を」

ラルジュは何も言わない。ただ、黙ってファラウラの言葉を聞いている。

「あの日、使い魔召喚の儀式は一番後にされたの。先に竜が出現すると、下位の使い魔達が怯えるかもしれないからって。けど、使い魔は現れなかった。先生が急いで宝石を取りに行っている間、周りでずっとひそひそ声が聞こえて、すごく恥ずかしくて、悲しかった。結局、入学した生徒の中で宝石魔法使いは私だけだったの」

「……そうですか」

「それでも、真珠を持っていれば魔法が使えるから、そこから頑張ろうって、私……。でも皆、〝薔薇竜の家の人間なのにどうして〟って言うの。私の事を養女だと思った、って言う人もいたわ」

「……それはひどいな」

堰を切ったように、涙も言葉もあふれていく。けれど、もうどうにも止められなくなっていた。

「悲しくない訳ないじゃない！　お父様もお母様も、お兄様も妹も、みんな竜を持ってい

るのに！　新しく作ったお部屋には、妹の竜がいる！　私の、使い魔の、お部屋だったのに……！」

ファラウラはラルジュにしがみつき、まるで子供のように大声で泣いた。

いつの間にか、抱き締めていた手はファラウラの髪を優しく撫でている。それは色気を感じさせるものではなく、例えるならむずかる子供を宥めるような手つきだった。

「団長の奥さんが言っていたように、貴女がこれまでどれほど頑張って来たのか。それは会ったばかりの僕にだってわかります。次からはちゃんと怒ってください。その方が、絶対に良い」

「は、はい……。頑張って、怒ります……」

「頑張らないと怒れないんですか？　まったく、もう少し自分を甘やかしたらどうです？」

相も変わらず、ラルジュの言葉は素っ気ない。

けれど、どこまでも優しい手つきに心がゆっくりと癒えていく気がした。

(私、こんなに傷ついていたのね。自分でも、よくわからなかった……)

グスグスと鼻をすすりながら、ファラウラはゆっくりと顔を上げた。

密着した状態で見上げると、蒼玉の義眼を挟むクワガタの刺青がよく見える。

そこで気づいた。わざわざ顔に刺青を彫った理由。それは酷い傷痕を隠す為だったのだ、と。

「……ごめんなさい、セールヴォランさん。あんなに大声で泣いて、子供みたいだって思ったでしょう」

「いいえ？　軍服に鼻水がつかないと良いな、とは思っていましたけど」

「い、意地悪……」

「優しい、の間違いでしょ」

ファラウラは頬を膨らませながらそっぽを向いた。ラルジュはクスクスと笑いながら、それでもファラウラの髪を撫でる手は止めない。

――それに甘えている内に、長きに渡って暗く重く沈んでいた心はすっかり軽くなっていた。

◇

腫れた目を魔法で出した氷で冷やし、軽く化粧を直した後でファラウラはラルジュと共に庭園に向かって歩いていた。

「急がなくちゃ。ダムアに心配をかけてしまっているわ」

「大丈夫ですよ。リュシオルが上手く言っているでしょうから」

ラルジュは涼しい顔をしている。ファラウラは一つ、気になっている事を聞いた。

「そういえばプリムさんから聞いたのですが、結婚式が終わったらセールヴォランさん達はお仕事に行かれるのでしょう？　どちらへ？」

「ええ、確かに任務ですが、部外者の貴女に言う訳がないでしょ」

「フフ、そうですよね」

「……急に笑わないでください。怖いじゃないですか」

「あら、ひどいわ」

――いつの間にか、憎まれ口がまったく気にならなくなっている。

「……アシエにはどのくらい滞在される予定ですか？」

「そうですね、二ヶ月くらいを予定しています」

「早ければ、一ヶ月経たないで帰って来ますから」

「え？」

「戻って来たら、観光案内してあげますよ」

思わぬ言葉に、目を瞬《またた》かせながら隣を歩くラルジュを見上げた。

ラルジュはこちらを見る事もなく、真っ直ぐに前を向いている。

「それは嬉しいですけど、お仕事が終わったらゆっくりお休みになられた方が良いわ。私の事はお気になさらないでください。飛んで移動すれば、かなり色々と回れると思います。ちょっと遠くの街に行って、そこで宿をとるのも良いかな、と考えているんです」

「僕と出かけるのが嫌なんですか？」

「いえ、そういう事ではなく……」

ファラウラは困ったようにラルジュを見上げた。自分はこの男に、ラルジュ・セールヴァランに恋をしている。それは間違いない。彼と一緒にいられるというのなら、こんなに嬉しい事はない。

けれど、それとこれとは話が別だ。身体はきちんと休めて欲しい。それにファラウラは、ラルジュに告白をするつもりは一切ない。

恋しているからこそわかる。ラルジュが愛情を込めた眼差しを向けているのが、自分ではないという事が。

「地元の人間しか行かないところなんて貴女じゃわからないでしょ。そうですね、僕が帰って来るまで団長の奥さんと洋服屋巡りでもしていたらどうですか？　僕も垢抜けない女を連れて歩きたくはないので」

「ですから！　私は大丈夫だと……！」

「はいはい。ともかく、戻って来たらすぐに連絡を入れますから。あまり遠くに行かないようにしておいてくださいね」

「……はい」

ファラウラはそれ以上言い返すのを諦めた。悔しいが、自分ではこの口が達者な男には太刀打ち出来そうもない。

(帰って来るのは早ければ一ヶ月。だったら、こっそり遠出したってバレやしないわ)

——ファラウラが大人しく言う事を聞かなかった事が、後に二人の運命を大きく変えて行く事になる。

◇

結婚式の翌日。

ラルジュはプリムの恋人リュシオル含む部下達と共に、遠方への任務に出かけて行った。プリムは朝早くから恋人の見送りに行っていたらしい。ファラウラが朝の散歩から戻って来た時には屋敷に帰って来ていたものの、ひどく眠そうな顔をしていた。

「プリムさん、後片づけくらい自分でやりますから、少し眠ったらどうですか？」

「いえいえ、大丈夫です。それよりも魔女様、よろしかったんですか？　副団長の見送りに行かなくて」

「なっ！　ど、どうして私が⁉」

思ってもみない言葉に、ファラウラは思わず紅茶を噴きだしそうになる。

「だって昨日迎えに来た副団長と魔女様、すごく良い雰囲気でしたもん。それに、リュシオルが言っていましたよ？　副団長が珍しく女の子に優しくしてるって」

「だ、団長さんに頼まれたからじゃないでしょうか」

「でも、冗談抜きでお二人はお似合いだと思います。リュシオルもそう言っていたし」

「いえ、そんな事は……！」

ファラウラは返答に困っていた。プリムは紅茶ポットに湯を注ぎながら楽しげな顔をしている。そういえば昨日、ラルジュに手を引かれて歩いているところをプリムの恋人に見られていた。その事を、恋人から聞いたのかもしれない。

「あの、プリムさん。あれはですね――」

「……魔女様」

不意に、プリムが言葉を遮った。

「何ですか？」

「私の彼、リュシオルは元魔法解析士だったんです」

「魔法解析士⁉　それはすごいわ！」

――魔法解析士。文字通り魔法を解析し調査記録を行う職業になる。規定に則った魔力に数学力。おまけに古代語を最低でも二言語は取得しないといけないという難関職業なのだ。

「……機装騎士は、ほとんどの団員が以前は多少の魔法を使えていた魔法技術者だったんです。何ていうか、要は華やかな職業に就いていたんですよね。副団長は聖騎士団の団長令嬢が婚約者だったし、リュシオルなんてあの顔でしょう？　正直、〝落ちた身〟じゃなければ、私なんか相手にして貰える訳がないくらいの人なんです」

悲し気に微笑むプリムに、ファラウラは咎めるような眼差しを向けた。

「落ちた身だなんて言っては駄目。機装騎士は立派なお仕事です。それにプリムさんは本当に素敵な方ですよ？　だから恋人さんもプリムさんの事を好きになったんです」

「……そうかな。リュシオルには言ってないけど、実は私、彼が魔法解析士として働いていた時に二、三回話をした事があるんです。機装騎士達が任務で持ち帰った遺物の資料を、魔法管理局の分析課へ届けてくれって団長によく頼まれるから。けど、機装の本部で再会した時、彼は私の事なんてまったく覚えていなかった」

ファラウラは即座に首を横に振った。

「魔法管理局には毎日大勢の出入りがありますし、その中でも分析課は群を抜いて忙しい課です。解析士の意識は基本的に〝解析する物〟にしか向いていません、プリムさん以外の方の事も当時の恋人さんの記憶には残っていらっしゃらないのでは……」

「……頭ではわかっています。でも、彼が私を恋人にしてくれた理由をつい考えてしまう。彼は事故で右手と下半身の内臓を一部失いました。実はそのせいで、彼の男性機能は役に立たないんです」

プリムは絶句するファラウラに向かい、悲しげな笑みを浮かべた。

「恋人同士ですから、身体を重ねる行為も大事でしょう？　それが出来るのと出来ないのとでは、つき合い方も変わります。私の場合は、性行為は特に重要じゃありませんでした。一緒にいられるだけで嬉しかったから。だからこそ、魔女様が羨ましい」

「ど、どうして？」

「とっても綺麗で上品で、すごい魔法も使える。複合魔法をあんなに早く展開させた人を見たのは初めてだって、彼も感心していました。私が魔女様くらいの女性だったら、彼の隣に堂々と立っていられるくらいの女だったら、綺麗な心のままでいられたのに」

「綺麗な心のまま……？」

「ええ、綺麗な心のまま」

新しい紅茶の入ったカップを置くプリムの顔には、もう笑みは見られない。

「……身体の一部が機械になっても魔法が使えなくなっても、機装騎士は街の女の子達に人気があるんです。元々は高嶺の花だった人達だから。でも、貴族令嬢やお金持ちのお嬢様達は、今の彼らに見向きもしない」

ファラウラは目を伏せた。人の本心に触れる時には、いつだって勇気を伴う。

「彼はあんなに綺麗で強いのに、女性を抱く事が出来ません。だから夜を共にする時、彼は私に一生懸命……いえ、必死に尽くしてくれます。私なんかに、そうまでしてしがみつく姿はとっても可哀想。でも、同じくらい愛しいんです」

——仮に彼らが拠《よ》り所を求めていたとしても、誰でも良い訳ではないはずだ。だがプリムからは、痛いほどの切ない気持ちが伝わって来た。

「時々、本当は学のない私じゃ物足りないのに、抱けなくても不満を言わない女が私しかいなかったから仕方ないんだろうなって、考えちゃうんです。でも魔女様は違う。副団長の隣に立っていても、釣り合わないなんて事はない」

「……そんな事はないわ」

ファラウラは今度こそきっぱりと否定した。

「聞いているかもしれませんが、私の実家は〝薔薇竜の家〟です。父は『魔導協会』の副理事も務めています。それなのに私は宝石魔法使いだから、魔導協会の会員にはなれない。父はさぞかし恥ずかしい思いをしているでしょう。そんな私が、アシエが誇る聖騎士団の団長令嬢に敵う訳がないわ」

――『魔導協会』。魔法使いを保護し、魔法行使の権利を守る協会。世界各国から三名ずつ委員が選出され、代々魔法使いの家系から副理事五名、理事が一名選出される。

魔導協会に所属しているのは魔術師と魔女。聖騎士や魔術解析士といった魔法技術者。だが宝石魔法使いは所属を許されていない。

「いえ、副団長はもう婚約破棄をなさっています。機装騎士になってからは、一度も会ってないと思いますよ？」

「昨日、偶然出会ったの。とっても美しくて儚《はかな》げで、まるで妖精のような方だったわ。セールヴォランさん、私には滅多に笑いかけてくださらないのにあの方にはごく自然に笑いかけていた。それに、昨日は落ち込んでしまった私の話を聞いてくださっただけです」

ファラウラが『普通の魔女』であったなら、例えラルジュが聖騎士だったとしても隣に立つのに遜色なかっただろう。いや、立場だけで言うなら『薔薇竜の家』出身であるファラウラの方が上であると言えるかもしれない。

けれど、今のファラウラにはどうしてもそう思う事は出来ない。

「私がセールヴァランさんに好意を持っているのは確かです。恥ずかしいけど、初めての一目惚れなの。でもセールヴァランさんはまだ元婚約者様を愛していらっしゃるわ。それはもう良いの。この想いはまだしっかりとした形にはなっていないし、形になる頃にはもう、この国にはいませんから」

「魔女様……」

　ファラウラは紅茶のカップを手に取った。すでに温くなってしまったそれを、気にする事なく口に含む。

「プリムさん、今日これから私のお買い物につき合ってくださいませんか？　お仕事が終わったらセールヴァランさんが観光に連れて行ってくださるそうなのですけど、私の服装が気に入らないのですって。〝垢抜けない女を連れて歩きたくない〟って言われてしまったわ」

「……副団長、なんて失礼な事を。あの、副団長の言う事なんて気にしちゃ駄目ですよ。きっと魔女様に自分好みの服を着せたいって思ってるんじゃないですか？」

　呆れたように言うプリムに、ファラウラは苦笑いを返した。

「いえ、私もアシエの流行を知りたいと思っていたの。どうかしら」

「もちろんご案内します！　任せてください、魔女様に似合うお洋服を必ず探して差し上げますから！」

　プリムは拳をぐっと握ると、バタバタと後片づけを始めた。すでに朝食は終わっているし、この様子だとあと二十分もすれば出かけられそうだ。

「素敵なお洋服を見つけたら、ちょっと遠出してみようかしら。そこで三、四日くらい泊まるのも良いかも。セールヴォランさんは遠くに行くなっておっしゃっていたけど、せっかくアシエに来たんだもの。それに、セールヴォランさんもそんなにすぐには帰って来られないでしょ」

こうなったら、楽しい事だけを考えよう。

実らない、いや実らせる気のない恋にいつまでも囚われていてはもったいない。

そんな風に考えながら、ファラウラは出かける準備をすべく急いで立ち上がった。

# 第三章　天駆ける魔女と地を疾走る騎士

ラルジュ・セールヴォランは空を見上げた。灰色の曇天。軍の命令で魔獣の討伐に来て二週間、これまではずっと晴天続きだった。ひょっとしたら、今日はこの後から雨が降って来るかもしれない。

ふと、出発の日の朝を思った。

本部の前には団長夫妻と、今回の任務に向かう面々の家族や恋人が見送りに来ていた。家族とも疎遠で、恋人もいないラルジュの見送りには当然誰もいない。

今まではごく当たり前の光景で、何も気にした事はなかった。

だが今回だけはひどく心がざわめいた。

（……見送りくらい、来るかと思っていたのに）

隊列を組み、目的地に向かって走り出して数分経った頃、何気なく空を見上げた。

遙か上空に飛行する羽根箒とそれに跨る人影を見た気がしたのは、自分の気のせいだったのだろう。

ラルジュは舌打ちをしながら頭をガリガリと掻いた。今はそんな事を考えている場合ではない。

「リュシオル、アレニエ。そっちはどうだ？」

気を取り直し、少し離れた所で討伐した魔獣を捌《さば》いている部下達に声をかける。

「はい、後は〝核〟を取り出すだけです」

「こっちはもう少し時間がかかりまーす。ネバネバして切り辛いんですよ、王水蛇《おうすいへび》の防護膜」

リュシオルが作業する反対側で、赤銅色の短髪に褐《かっ》色の肌をした大柄な女性が鉈を振るっていた。筋肉質でがっちりとした体格の彼女は、リュシオルと性別が逆に見られる事が多々ある。

「少し急げ。雨が降るかもしれない」

「マジですか？　急ぎなよ、リュシオル。アンタ、雨に降られる度にうるさいから」

「義肢装具の間に水が流れる感覚が嫌いなんだよ、無神経なお前と違って」

二人はさほど急ぐ様子も見せず、軽口を叩き合っている。

そしてラルジュも言うほど焦ってはいない。今回報告を受けた魔獣の大量発生は、数こそ多かったがいずれもさほど高位の魔獣ではなかった。

まだ大量発生の原因は摑めていないが、この調子で行けば一ヶ月もしない内に帰還出来そうだ。そこまで考えた後、ラルジュは己の右手をじっと見つめた。

右手を見るたびに思い出す。苺色の魔女を思わず抱き寄せてしまった時の事を。

あれほど強大な魔力を有していながら、宝石魔女だというだけで彼女は常に自信がなさそうにしていた。

本人が泣きながら言っていたように、これまで周囲から色々と言われ続けてきたのだろう。腕の中で泣きながら本心を口にするその姿は、素直に可愛いと思った。

「副団長！」

ぼんやりと物思いに耽っている最中、後方から別の部下の叫び声が聞こえた。

「どうした？」

「たった今、向こうの岩山付近に砂礫蟻《されきあり》が数匹ほど歩いていたんですが、急に運んでいた獲物を投げ捨てて巣に逃げ帰って行きました。何だか、ひどく慌てているようで」

「砂礫蟻が……？」

──砂礫蟻。子犬ほどの大きさを持ち、固い岩盤をものともしない強靭な顎の双頭の蟻。女王蟻は三つの頭を持ち、通常の砂礫蟻の二倍の大きさがある。

肉食で獰猛なこの蟻が、獲物を投げ捨てて逃げ帰るなど滅多にある事ではない。

「……何かから逃げているのか？」

ラルジュの脳裏に、二年前の記憶が蘇《よみがえ》って来る。

確かあの時も、空には時季外れの針鱗揚羽《しんりんあげは》の大群飛行が見られた。彼らに視線を遮られ、自分は魔獣の攻撃を躱《かわ》し切れずに右の手足を失ったのだ。

「全員武器を装着しろ！」

大声で指示を出しながら、ラルジュは己の魔導二輪の座席を跳ね上げた。

そして軍服の片袖を上げ、右肘から義手を捻って外す。

外した義手と入れ替えに、座席の中から平べったい巨大な銃を取り出した。そしてそれを素早く肘に装着する。

ガチン、と肘にはめ込んだ途端、導体レールに青白い火花がはしった。

「副団長、これは一体……！」

リュシオルは背丈の半分ほどもある巨大な回転機銃《ガトリングガン》を腕に装備し、アレニエは両足を車輪状の義足に付け替え大斧を肩に背負っていた。

二人とも、どこか不安そうな顔になっていた。

「……二年前に俺が来た場所とは少し異なるが、ここもリートとの国境に近い。何が現れるのかはわからないが、少なくとも好戦的な砂礫蟻が逃げ出す程度にはヤバいのが襲って来る可能性が高いな」

ラルジュの右腕の銃口に青白い光が収束していく。雷のエネルギーが満ちていけばいくほど、右半身に鋭い痛みが走る。この専用付け替え武器や装具は『魔獣核の拒否反応』を利用しているのだ。

――個々の義肢装具に使用されている魔獣核。その『天敵』に相当する魔獣の核を埋め込んだのがそれぞれの専用装具になる。

天敵を押し返そうとする核の力を利用する為、通常武器と比べて威力は段違いに高い。

代わりに、長時間の使用は身体に激しい苦痛を伴う。

「うわ、副団長が〝俺〟って言いだしたよ……。これ、本気な感じ？」

「アレニエ、やばそうな時は俺の顔を守ってよ。俺、顔くらいしか取り柄ないからさ。万が一にでも怪我してプリムに嫌われたくないんだ」

「いいじゃん、それ。プリムにはアンタみたいな粘着野郎よりも、もっと爽やかな男が似合うと思うんだよね」

「……それ以上言ったら殺す」

「やぁだぁ、こわーい」

大きな体をわざとらしくくねらせるアレニエと、美しい顔に純粋な殺意を浮かべるリュシオル。二人の部下を横目で見ながら、ラルジュは全神経を張り巡らせて敵の襲撃に備えた。


ついこの間までは、いつ死んでも構わないと思っていた。けれど、今は違う。

＊＊＊＊＊

ファラウラは後輩ダムアの新居に来ていた。と言っても遊びに来た訳ではない。

ここ、首都ラザンから遠く離れた『ピエスドール』という街にしばらく滞在する、という事を伝えに来たのだ。

「先輩、お出かけしちゃうんですか⁉」

「プリムさんに教えて貰ったの。明後日の夜、ピエスドールの街で〝金貨の雨〟っていう流星群が見られるって。それを見に行きたいの。明日の朝に出発して、四日くらい滞在したら帰って来るから」

ダムアは不満そうに頬を膨らませている。

「先輩ったら一回遊びに来てくれただけで、あとはずっとプリムさんとべったりじゃないですか！　こうなったら、私も一緒に行きます！」

「それは駄目。結婚したばかりで旦那様を放っておいたら、きっと寂しい思いをなさるわ。まだしばらくはアシエにいるのだから、ね？」

ファラウラの説得に、ダムアは渋々、といった顔で頷いた。

「……わかりました。でも、帰って来たら私と遊んでください」

「ええ、そう、そうね」

ファラウラはしどろもどろで目を泳がせた。その様子で何かに感づいたのか、ダムアは腕組みをしながら半目でこちらを見据えている。

「……先輩。何か隠してないです？」

ファラウラは後輩の圧に負け、仕方なく白状した。

「セールヴォランさんが、お仕事から帰って来たらどこかへ連れて行ってくださるって

「……」

「え⁉　副団長が――？」

にわかに目を輝かせる後輩を前に、ファラウラはどう説明したものかと悩む。

残念ながら、あれはそんな甘い感じのものではない。おそらく、彼なりの親切なのだと思う。

「あの、でも、毎日一緒に出かける訳じゃないから。そ、そうだ、お土産は何が良い？」

「お土産なんて、気を使わないでください。それよりも、早く帰って来て欲しいです。それから、今夜は夕食も一緒にお願いします！　プリムさんには連絡しておきますから」

ファラウラはううん、と首を振る。

「ありがとう。でも連絡はしなくて大丈夫。実は昨日から騎士団の寮に戻って頂いているの。帰って来たら連絡する事になっているから」

「良かった！　お義母様にアシエ料理を色々教わったから、今夜は頑張りますね！」

「ええ、楽しみにしているわ」

「副団長との事もじっくり聞かせて貰いますよ？」

言葉に詰まるファラウラの前で、ダムアは楽しそうに笑っていた。

◇

夕食は数種類の季節野菜の煮込みと鶏肉を焼いたもの。サラダにスープにパン。

アシエの家庭料理だと言っていたが、どれも丁寧に作ってありとても美味しかった。

食後に出されたのはハーブ茶に蜂蜜を垂らした、モジャウハラートでよく飲まれているお茶だった。後輩の気遣いに感謝をしながら、ファラウラはずっと聞きたかった質問をした。

「ねぇダムア。団長さんとはどうやって知り合ったの？」

ダムアは視線を泳がせた後、恥ずかしそうに笑った。彼女の夫は気を利かせたのか、食事が終わった時点で一人書斎に移動し今はここにいない。

「……迷子になってしまったんです」

「迷子？」

「はい。卒業試験の小論文、テーマを〝国籍による魔力量の違いと発展の差〟にしたんです。私も第三言語にアシエ語を選択していたから、夏休みの研究旅行先をアシエにしました。けど、来てすぐ道に迷っちゃって。学生だから飛行許可証も持ってないし、不安で涙が止まらなくなっていたら、お仕事帰りのノワ君が声をかけてくれて、それで……」

「とっても素敵な出会いだわ！」

感動するファラウラとは真逆に、銀色の仔猫は呆れたように首を振っている。

『卒業論文の研究旅行、と申請しておけば、学校側が保証人になって飛行許可証は取れたんですけどね……』

「良いじゃない。道に迷った事が運命の出会いに繋がったのよ？　羨ましいわ」

ファラウラは微笑みながら、ふと自らの事を考えた。

——運命の出会い。出会うだけなら、自分も出会っていると思う。

ラルジュ・セールヴォラン。彼が仕事に出発する日、朝の散歩と称してこっそり空から見送っていた。

友人でも、ましてや恋人でもない自分に見送りに来られても困るだろうと思ったからだ。その彼は今、何をしているのだろう。

ファラウラは胸の疼《うず》きと共に、あの意地悪な機装騎士の事を静かに想っていた。

◇

「わぁ、綺麗な街！」

上空からピエスドールの街を見下ろしたファラウラは歓声をあげた。その肩には、銀色の仔猫がちょこんと鎮座している。

『ピエスドールで換金すると通常の金貨とは異なる特別な金貨になるのですよ。モジャウハラート通貨から何枚か記念に換金しておいてはいかがですか？』

「そうね、そうしようかしら」

ファラウラは銀の仔猫へと微笑みかけながら、街に向かって降下を始めた。

――こうやって、仔猫とファラウラが一緒にいるのには理由《わけ》がある。

それは後輩ダムアの新居で夕食を共にした日。

屋敷に帰ろうとするファラウラを、銀の仔猫が追って来たのだ。

『真珠の魔女。わたしをピエスドールまで共に連れて行って貰えませんか？』

「え、どうして？」

『我が主が無邪気すぎるからです。少し二人きりにしませんと。主ときたら、留守番は寂しいだろうから、とわたしを新婚旅行にまで連れて行ったんですよ？　わたし達は魂で繋がる主従関係ですから、離れていても念話で会話が出来ますのに』

と、仔猫は困ったように肩を竦めた。

「あなた達はいつでも一緒だったじゃない。あの子があなたを新婚旅行に連れて行ったのだって、あなたを大切に思っているからよ？」

『ええ、使い魔にはもったいない待遇を受けている自覚はあります。けれど団長があまりにもお気の毒で。なぜならば、私に気を使って結婚式の日以来ほとんどなさっていないのです』

仔猫の言葉に、ファラウラは首を傾げる。

「なさっていない、って何を？」

『性行為です』

「せ、せっ……!?」

『性行為、です』

繰り返される言葉に、ファラウラはひどく狼狽えていた。仔猫は照れるでもなく、至極真面目な顔をしている。

『わたしはただの猫ではありません。団長からしますと、自分達以外にもう一人いるようなものです。せっかくお家が広いのに、寝室以外の場所で性行為が出来ないのですよ』

「し、寝室があれば十分じゃない……！」

『いいえ。玄関、浴室、台所、居間。庭も含めたありとあらゆる場所で性行為は可能です。愛し合う者同士にとっては、どこも寝室のようなものなのですよ』

「そ、そうなの……知らなかったわ……」

仔猫もファラウラと一緒に行くと聞いて、ダムアは最初、かなり戸惑っていたらしい。

『主にはこう申し上げました。〝真珠の魔女に悪い虫がつかないようにわたしが見張りを務めます〟と』

「あなたは本当に策士ね……」

それでダムアは納得し、こうしてファラウラは『後輩の使い魔と小旅行』をする事になったのだった。

◇

翌日。ファラウラと仔猫は街のカフェで昼食をとっていた。とはいえ食事をするのはファラウラのみで、仔猫は膝の上で大人しく丸まっている。

「いよいよ今夜なのね、〝金貨の雨〟は」

『真珠の魔女、どうしますか？　街からでも十分流星群は見えますが、裏山の山頂まで飛んで行くともっと綺麗に見えると思いますよ？』

仔猫の進言を受け、ファラウラは悩む。すでに街中には夜の『金貨の雨』に備えて屋台の準備などがされている。そこでぶらぶらしながら流星群を見ようと思っていた。

だが、流星が一番美しく見える場所で見るのもいいかもしれない。

「そうね、行ってみようかしら」

『今夜はお祭りですからね、山から戻っても町はまだ賑やかだと思いますよ』

「とっても楽しみだわ。私の住んでいる町の豊漁祭も楽しいけど、ここまで規模が大きくはないもの」

仔猫は頷きながら、ふと真剣な顔を向けて来た。

『真珠の魔女、〝金貨の雨〟が降る夜は、男女の絆が強まると言われています。恐らく今夜の街は恋人達や夫婦でいっぱいでしょう。となると、独り身の者は一夜の相手を探そうとします。決して油断してはなりませんよ』

何を馬鹿な、と笑おうとした瞬間、ギリギリの所で口を噤んだ。銀の仔猫は鼻先に皺を寄せている。これは仔猫が己の主に苦言を呈す時の顔つきだった。

ここで言い返し、延々とお説教をされている後輩の姿をファラウラは側で何度も見て来た。

「わ、わかったわ。気をつけます」

『わたしが虫除けになれたら良いのですが、生憎とわたしは人型にはなれませんから……』

「浮かれて羽目を外したりはしないから、安心して。それより夜に空を飛ぶなら暖かくして行かないと駄目ね。宿に帰ったら準備しましょうか」

そこから小一時間ほどで食事と一通りの相談は終わった。テーブルの上に銀貨を置き、仔猫と共にカフェを出る。その時、遠くから聞き覚えのある音が聞こえた。

「あら……？　この音……」

『魔導二輪の排気音、ですね』

「すごいわ、さすがアシエね。一般の方向けの魔導二輪もあるなんて」

感心するファラウラとは裏腹に、仔猫の顔が次第に険しいものになっていく。

「どうしたの？」

『真珠の魔女。いくらアシエと言えど魔導二輪は一般に普及していません。あれは機装騎士専用の乗り物です』

「え、じゃあ……」

『聞こえる魔導二輪の音は一台分。真珠の魔女、少々お待ちを。今、主に確認を致します』

仔猫が肩から飛び降りると同時に、通りの向こうで悲鳴が上がった。ファラウラは反射的に羽根箒に跨り素早く空中に舞い上がる。そして悲鳴の聞こえた方向に向かって飛んだ。

「あれは……！」

——向かいの建物の裏側。煉瓦で整えられた美しい通り。

そこに一台の魔導二輪が停まっていた。その周囲を街の人間が取り囲んでいる。

上空から見る限り、魔導二輪には大した損壊は見られない。

だが乗っている機装騎士は血塗れになっていた。体格からしてラルジュではない。赤い髪の大柄な男だ。

ファラウラは負傷した機装騎士の元に急降下した。突然空から降りて来た魔女の姿に、街の住人は目を丸くしている。

「一体何があったのですか⁉　セールヴォランさん……いえ、他の皆様は⁉」

空からこっそり見送った時には、確か八人編成だったはずだ。

「魔女様⁉　なんでここに？」

赤髪の男が苦しげな声で問いかけて来た。傷が酷い。首元から胸元まで巨大な獣の爪のようなものでざっくりと切られ、骨が一部露出している。

そこで初めて、ファラウラはこの赤髪の機装騎士が女性である事に気づいた。

「あの、あたしアレニエって言います。結婚式の時はご挨拶出来なくてすいません。あの時はめちゃくちゃ酔っぱらってて……」

「今、そんな事は良いですから！　アレニエさん、他に痛む所は？」

問いかけながら、アレニエの全身を観察する。胸の傷は酷いが、それ以外に肉体の損傷は見られない。ただ、左足の車輪状になっている義足は大きく曲がってしまっていた。

そして右足に義足は見当たらない。

「この、腐爪熊《ふそうぐま》にやられた傷、です……。攻撃を受けた瞬間は大した事なかったんですけど、段々ひどくなって来て……」

ファラウラは頷くと同時に、素早く治癒術式を展開させた。

苦し気な息を吐くアレニエの身体を、柔らかな治癒の波動が包み込んでいく。

「すごい、傷が塞《ふさ》がって来た……！」

周囲の人々から感嘆の声があがる。だが治癒魔法は万能ではない。完全に治療するには、一刻も早く病院に連れて行く必要がある。

だがその前に聞いておかなければいけない事があった。

「あの、何があったのですか？　他の方は？」

「……魔獣の討伐を終えて調査に入ろうとした時、急に新たな魔獣の群れに襲われたんです。アシエには生息していないはずの刃翼蟻喰《じんよくありくい》や腐爪熊、他にもいるはずのない魔獣ばかりで解毒薬も持ってなくて……。副団長は一人で囮になったんです。残りの仲間は、あたし達が滞在していた村に残って住民達を守っています。でも、早く応援を呼ばないと……！」

ファラウラは震える声でアレニエに聞いた。

「その村は、どこですか？」

「ここから北に進んだ所です。〝エテ〟という小さな村で」

ファラウラは羽根箒を握り締めた。ホウキで飛んで行けば、そう時間もかけずに村に到着出来るだろう。

「アレニエさん、貴女はこのまま病院へ行ってください。私は今、団長夫人の使い魔と一緒にいるんです。使い魔から連絡を入れて貰えば大丈夫ですから」

「え、でも、魔女様は？」

「私はその村に行きます。村も心配ですし、セールヴォランさんも助けに行かないと」

それだけ言うと周囲を見渡し、銀の仔猫を探す。ちょうど、仔猫がこちらに向かって駆けて来るのが見えた。仔猫は肩に飛び乗り、早口で報告をする。

『真珠の魔女、主に確認を取りました。機装騎士達はリートとの国境付近にある町に魔獣の討伐と調査に向かったようです。とりあえず応援を呼ぶように伝えておきました』

「リートとの、国境付近……」

——心臓が嫌な予感に締めつけられる。それと同時に、脳裏にラルジュとの会話が蘇って来た。ラルジュが聖騎士の資格を失う事になった二年前の事件。

二年前は生きて帰って来られた。けれど、今回は。

「嫌、そんなの嫌……！」

ファラウラは風を巻き上げながら空へと飛んだ。そのまま、猛スピードで北へ向かう。

仔猫が肩口で何か叫んでいるのはわかっていたが、何一つ耳に入って来なかった。

＊＊＊＊＊

「リュシオルさん！　住民の避難は完了しました！」

「よし、エフェメールとグリヨンは教会の中に入って住民を守れ！　クリザリッド、シガール、ソートレルは俺と一緒に外だ！　向かって来るのは全部ぶっ殺せよ！　核を回収しようとは思うな！　これは副団長命令だからな！」

リュシオルは荒い息を吐きながら、右腕に装着した回転機銃を見つめた。

通常の機銃と異なり、魔獣核から放たれるエネルギーが銃弾となる為、弾切れの心配は無い。だが、核の拒否反応による肉体の苦痛はすでに限界に来ている。

全員で、文字通り血反吐を吐きながら戦っているのだ。

「クソッ！　早くどうにかしないと副団長が……！」

――あの時。急襲して来た刃翼蟻喰の群れを副団長ラルジュ・セールヴォランが右手の雷撃加速砲《レールガン》で一掃した。そこで退却を命じられたのに、アシエにはいない蟻喰の核を直接手に入れようと、自分が不用意に近づいてしまった。

レールガンの攻撃から逃れたアリクイが、棘鞭《とげむち》のような長い舌をリュシオルに向けて打ち下ろして来たところまでは覚えている。だがその後の事は、まったく覚えていない。

気づくと、拠点にしていた村の教会に寝かされていた。そこで初めて、副団長が囮となって魔獣を引きつけ、自分達を逃がした事を知った。

アレニエは腐爪熊の爪にやられたものの、義足の車輪で誰よりも早く停めていた魔導二輪の元に戻れた。そしてそのまま応援を呼びに行ったらしい。

「俺のせいなんだ、俺の……！」

焦るリュシオルの耳に、シャラシャラ、という音が聞こえた。聞き覚えのあるその音に、背筋が瞬時に凍りついていく。

「マジかよ……」

空には、鈍色の蝶の大群がいた。針鱗揚羽だ。その鱗粉は極小の針になっており、吸うと呼吸器に激しい痛みと深刻なダメージを与える。世界中に生息している魔獣ではあるが、ここまでの大群は見た事がない。

「俺の武器じゃ駄目だ……！」

ここで発砲したら無駄に鱗粉を撒き散らしてしまう。外にいる他の仲間達も武器は銃と剣。相性が悪すぎる。そして両手に火炎放射器を装着しているエフェメールは教会の中にいる。

「顔の傷なんかどうでもいい、こうなったら、少しでも数を減らさないと……！」

リュシオルは覚悟を決め、回転を始めた機銃を上空に向けた。

「伏せてください！」

いきなり、周囲に涼やかな声が響いた。訓練された身体は反射的に動き、地面に転がって伏せる。

その直後、後頭部に身が縮みあがるほどの冷気を感じた。

「な、何だ⁉」

「プリムさんの恋人さん！　大丈夫ですか⁉」

「ま、魔女様⁉」

この声は苺色の髪の魔女。薔薇竜の家出身で、あの副団長が珍しく感情を露《あら》わにしながら接している女性。なぜ、彼女がここに。

「そのまま動かないでください！　周囲の魔獣は全て私が片づけます！」

「え、全て⁉　え？」

言っている意味がわからない。リュシオルは生身の左手で頭を抱えたまま、仰向けに転がり状況を確認した。

「嘘だろ⁉」

――空に、氷の竜がいる。その数は三体。氷竜は凍れる吐息で瞬く間に針鱗揚羽を凍らせ、巨大な顎《あぎと》で嚙み砕いて行く。辺りをうろついている魔獣達も同様の目に遭っていた。

「すごい……」

魔力を具現化し、猫や鳥と言った生物の姿を取らせる魔法は知っている。

結婚式の日に、団長の妻も同じ魔法を使っていた。けれど、出現させられるのはせいぜい一体のはずだ。

怯える素振りこそ見せないものの、魔獣共も自分達が対峙しているのが規格外の魔力を持つ人間だと気づいたらしい。揃ってじりじりと、後退をし始めている。

これなら自分達だけでもやれる。リュシオルは、上空の魔女に向かって大声で叫んだ。

「魔女様！　後は俺達で大丈夫です！　それよりも副団長を助けに行って貰えませんか！　仲間の話だと、砂礫蟻の巣の近くにいたようですが、刃翼蟻喰が大挙して押し寄せていたと……！」

魔女は新緑色の大きな瞳を見開いた。その顔色が一気に青褪《ざ》めていく。

その表情を見た時、リュシオルはこんな状況にも関わらずなぜだか少し微笑ましい気持ちになった。

結婚式の時から何となく思っていたが、この魔女はおそらく副団長に想いを寄せている。その彼女がなぜここにいるのかはわからないが、この奇跡のような機会を逃す訳にはいかない。

「ここからリートとの東国境に向かってください！　砂礫蟻の巣はその先の森の中、白鋼《はくこう》岩《がん》の岩山です！　お願いします、村は俺達が絶対に守りますから！」

「は、はい！」

魔女は大きく頷き、上空高く舞い上がった。そしてそのまま東に向かって猛スピードで飛んで行く。その姿を見送った後、大きく息を吐いたリュシオルは再び武器を構え直した。

◇

ファラウラは呼吸すらままならないほどのスピードで空を駆けた。早く、早く、早く。

一刻も早く、彼を助けなければ。

「セールヴォランさん、お願いだから無事でいて……！」

『あの、真珠の魔女』

「どうしよう、彼に何かあったら私……！」

『真珠の魔女！』

銀の仔猫の大声に、ファラウラはびくりと身を震わせた。頬に触れる冷たい風で、自分が空を飛んでいる事に今更のように気づく。

『真珠の魔女。お気持ちはわかりますが冷静になってください。今回の件はどこかおかしいです』

「どういう事……？」

ファラウラが話を聞く素振りを見せたからか、銀の仔猫の声音が和らぐ。

だが厳しい顔つきは変わらない。

『騎士アレニエの傷を見ました。腐爪熊の爪に宿る毒はさほど強いものではない。けれど、鍛えられた肉体を持つはずの騎士アレニエの傷は骨が露出するほどの溶解毒に侵されていた。あれは普通ではありません』

「……二年前と同じだわ」

アシエには生息していない腐爪熊は、モジャウハラートには生息している。

ファラウラも一目で傷口の違和感には気づいた。だからこそ冷静さを失ってしまったのだ。ラルジュ達を襲ったのが、二年前と同じく何者かによって改造された魔獣なのかもしれないと思ったから。

『詳細がわかり次第、主が連絡をくださいます。くれぐれも油断なさらないでください』

「ええ、わかっているわ」

――頷きながら、目線を真っ直ぐ前に向ける。そしてホウキのスピードをより一層早めた。

エテの村から五分もしない内に、国境東側の森に到着した。ファラウラは木立の間を低空飛行で飛んで行く。

「ここに魔獣達はいないみたいね」

『この辺りは森の入り口です。村へ向かう群れと、囮となった副団長に向かった群れにわかれたのでしょう。真珠の魔女、探索魔法はお使いにならぬよう。魔獣達に感づかれてしまいますし、機装騎士に魔力はありませんから無機物と同じく魔法感知は出来ません』

「わかっているわ。……それからお願い、機装騎士を物のように言わないで。彼らは生きた人間なのよ？」

知らず、口調が尖《とが》ったものになってしまう。肩で銀の仔猫がハッと息を飲んだのがわかった。

『……大変失礼を致しました』

仔猫はしょんぼりとしている。瞬時に、ファラウラの胸に後悔が湧き上がった。

悪気があろうはずがない。彼はあくまでも、状況の説明をしているだけだ。

「ごめんなさい、私ったら少し感情的になっているわ。駄目ね、冷静にならないと」

『いえ、わたしが迂闊でした』

「ううん、私が――」

――ファラウラと仔猫は、同時に口を噤《つぐ》んだ。

二人の耳に、ガリガリと何かを引っ搔《か》くような音が断続的に聞こえる。

ファラウラは慎重にホウキを進めた。少し開けた木立の先に、つるりと滑らかな白鋼岩の岸壁が見えた。

「あったわ、あそこがきっと砂礫蟻の巣ね」

『はい、おそらく』

木立を抜けた先。岸壁に巨大な生物が何体もへばりついている。漆黒《しっこく》の爪に、毒々しい青緑色の細長い舌。薄い刃を何枚も重ね合わせたような、不吉に軋む金属の翼。

「刃翼蟻喰だわ！」

『真珠の魔女、見てください！　あそこに！』

銀の仔猫が前足を指す方向。そこに倒れているのは、クワガタの模様が彫ってある魔導二輪だった。

「セールヴォランさんの魔導二輪！」

『副団長は砂礫蟻の巣の中に逃げ込んだようですね。砂礫蟻は肉食で獰猛。その巣に飛び込むなど通常なら自殺行為です。しかし今は外に天敵である刃翼蟻喰がいる。彼らは巣の最深部に逃げ込んでいるでしょう』

仔猫の言葉に、ファラウラは安堵の息を吐いた。

『蟻喰の舌の射程距離は約三メートル。副団長の居場所はそれよりも奥、そして砂礫蟻達のいる最深部からも遠い所。となると、外から帰って来た蟻達が身体を洗う〝洗い場〟でしょうか』

ファラウラは考える事なく、雷の象を二体出現させた。翼が薄い金属の寄り合わせで出来ているこの蟻喰は、雷に弱い。

「そこをどきなさい！」

雷象は火花を飛び散らせながら突進し、その巨体で蟻喰達を次々と踏み潰していく。

「今よ、行きましょう！」

『し、真珠の魔女⁉　どこへ⁉』

「砂礫蟻の巣の中！　セールヴォランさんが中で動けなくなっているかもしれないで

しょ⁉」

仔猫の返答を待たず、ファラウラはホウキの上で体勢を低くした。そして雷象に踏み潰された魔獣の亡骸を飛び越え、巣穴へと一直線に向かう。

「……うっ！」

『真珠の魔女⁉』

巣穴の中に突入する際、蟻喰の細長い爪がファラウラを襲った。身を捩り、間一髪のところで肉を裂かれる事だけは防いだ。

「きゃあぁぁぁっ！」

巣穴の中へ入った瞬間、ファラウラはホウキの上から投げ出された。白鋼岩の硬い岩肌が新緑の瞳に映る。ファラウラは来るべき衝撃に備えて、両の目を硬く閉じた。

（……？）

だが、衝撃と痛みはいつまで経っても訪れない。ファラウラは恐る恐る閉じていた目を開けた。

「まったく、何をやっているんですか！」

「え……？」

——まず目に入ったのは、あちこち焼け焦げた黒の軍服。次いで耳に聞こえたのは、怒ったような低い声。

「セール、ヴォランさん……？」

「セールヴォランさん、じゃないですよ。なんでこんな無茶な事を……。それより何故ここにいるんですか？　僕は〝あまり遠くに行かないように〟って言いましたよね？」

ファラウラは弾かれたように顔を上げた。乱れた黒髪。少し曇った青。そしてそれを挟むように刻まれたクワガタの刺青。

心配で仕方がなくて、無事を祈り続けて、そして今一番会いたかった男。

ラルジュ・セールヴォランが怒りと呆れのない交ぜになった表情で、ファラウラを見下ろしていた。

「セールヴォランさん！　良かった、無事で！」

ファラウラは両手を伸ばし、男の首に思い切りしがみついた。普段のファラウラであれば絶対にとらないであろう行動に、銀の仔猫が目を丸くする。

「もう、心配していたんですよ⁉」

「こっちの台詞ですよ。音がするから応援かと思って身体を引きずって来てみれば。まったく、僕がいなかったらどうなっていたと思うんですか？」

「ごめんなさい、ちょっと焦っていたみたい。だって、心配だったんですもの」

ラルジュは小さく息を吐いた。

「……まぁ、怪我がなくて良かったですけど。で、そろそろ降りた方が良いんじゃないですか？」

「え……？」

ラルジュの言葉に、ファラウラは改めて今の状況を確認した。

——どうやら巣穴に飛び込んだ直後、ホウキから転落したファラウラをラルジュが間一髪で受け止めてくれたらしい。

そのファラウラは今、ラルジュを押し倒すようにしてのし掛かっている。

「きゃあぁっ！　ご、ごめんなさい！」

男の足の間に跨っている事に気づいたファラウラは、思わず悲鳴をあげた。

「それよりさっきの質問に答えて貰えますか？　なんでここに？　それに、その猫は団長夫人の使い魔ですよね？　なぜ貴女と一緒にいるんですか？」

矢継ぎ早に浴びせられる質問に、ファラウラは男の上から降りるのを忘れた。

密着した態勢のまま、一つずつ丁寧に答えていく。

「あの、プリムさんにピエスドールで〝金貨の雨〟という流星群が見られるって聞いたんです。それで、せっかくなので小旅行を兼ねて見に行こうと。この子はちょっと事情があって、私について来てくれて」

『主夫妻の健全な性事情の為です』

ラルジュは仔猫をちらりと見たが、特に気にした様子はなかった。

仔猫の際どい台詞も、ラルジュには『にゃあ』としか聞こえていないのだ。

「じゃあ貴女はピエスドールにいたって事ですか？」

「そうです。今夜の金貨の雨をどうやって見ようかと、二人で相談をしていたらアレニエさんが……。あ、アレニエさんは無事です。それからエテにいる機装騎士の皆様も」

「……そうですか」

ラルジュはほっと安堵したような顔になった。

「プリムさんの恋人さん、セールヴォランさんの事をすごく心配していましたよ？　早く帰りましょう？　表にいる蟻喰は今頃、雷象に一掃されているはずです」

「わかりました。では申し訳ないですが、僕を支えて貰っても良いですか？　肩口に埋め込まれている魔獣核が欠けてしまったせいで、右腕も右足も動かないんです。このレールガンは無傷ですが、核が欠けてしまうとただの金属の塊なんですよね」

「レールガン？」

ファラウラはラルジュの右腕を見た。そこにはいつもの右手はない。代わりに上下に長く伸びた金属に銃口が挟まれているような、変わった形状の巨大銃がはめ込まれている。

『真珠の魔女！』

何気なくそれに触れようと手を伸ばした瞬間、銀の仔猫が焦りを含んだ声をあげた。

「どうしたの？」

『おかしい。アリクイ共の声がまだ聞こえます』

「そんなはずないわ。だって――」

『……いえ、足音はそう多くないですが、アリクイはまだ残っています』

仔猫が前足をあげ、ファラウラの胸元を指した。ファラウラは視線の通り、胸元に手を当てる。そして瞬時に顔色を変えた。

「ネックレスがない！　あ、もしかしてさっきの……？」

——先ほど巣穴に突入する際、蟻喰の細長い爪に襲われた。

寸前で躱したと思っていたのに、どうやらその時に真珠のネックレスを引っかけられてしまったらしい。

「どうしました？　使い魔は何て言っているんですか？」

ファラウラはラルジュの軍服を摑んだ。

「……表にまだ蟻喰が残っていると。ごめんなさい、さっき巣穴に飛び込む直前に真珠のネックレスを落としてしまったみたいです。カフェに食事に行くだけだからと思って、ネックレスしかつけていなかったの。だから魔法で生み出した雷象も消えてしまって……」

「そういう事ですか。それでホウキから落ちたんですね」

ファラウラは後悔に押し潰されそうになっていた。

魔力回路が途切れた訳ではないから、仔猫と会話をする事は出来る。けれどそれだけだ。その他は一般人と変わらない。それなのになぜ、予備の宝石を身につけていなかったのだろう。

「……魔法が使えないのでは、表に出られないわ」

魔獣核が破損している以上、ラルジュは右手の武器は元より右足である義足も動かす事が出来ない。魔法を使えない女が一人、成人男性を支えながら魔獣から逃げるというのは不可能に近い。

『真珠の魔女、私が外に行ってネックレスを取って来ます』

「駄目、絶対に駄目！　刃翼蟻喰は弱い魔獣ではないわ。それに、彼らは人為的に改造されている可能性が高いのよ？　残った数は多くないと言っても、新たに仲間を呼んでいるかもしれない。危険過ぎるわ。あなたに何かがあったらダムアが悲しむわ」

仔猫はブンブンと首を横に振る。

『真珠の魔女。私は低位の使い魔ですが、身を守る程度の魔法は使えます。それに、仮に消滅してもまた新たに生まれ出る事が出来る。けれど人間はそういう訳にはいかない。おまけにアリクイの数が減っています。奥からサレキアリが出て来るかもしれません。あまり時間は残されていないかと思います』

仔猫の言葉は一理ある。だが、ファラウラも譲らない。

「確かに、使い魔には人間のような死はないわ。けれど、あなた達のそれは再生ではなく新生でしょう？　同じ銀の仔猫でも、それは今のあなたじゃない。あの子と苦楽を共にしたあなたではないの」

『しかし……！』

ファラウラは片手をあげて仔猫を制した。

「セールヴォランさん。後で貴方の武器を使い、入り口ごと一気に蟻喰を吹き飛ばしてください。そうしたら皆で外へ向かいましょう」

ラルジュは一瞬目を見開いた。直後、呆れたように溜め息を吐く。

「僕の武器が今のままでは使えない事を知った上で？　自分が何を言っているか、わかっています？」

「わかっています！　セールヴォランさんにはご迷惑をおかけします。けど、無事に帰還する為だと割り切ってください」

ファラウラは仔猫を見た。仔猫は渋い顔をしている。

『……なるほど。性行為で一時的に副団長へ魔力を与えようというのですね。確かに、体内に魔力が満ちれば破損した魔獣核も自然修復する。そうすれば、副団長の右手の武器が使える』

「ええ、そう。もうこれしか方法がないの」

『エテの機装騎士達もすでにこちらへ向かっていると思います。彼らの到着を待つという手もありますよ？』

「いつ応援が来るかわからないでしょう？　表の蟻喰も怖いけど、砂礫蟻に襲われるのも怖いわ。もうこうするしかないの」

ファラウラは大きく深呼吸をした。そして覚悟を決めたように、ラルジュの軍服のベルトに手をかけた。

「ちょ、ちょっと待ってください！　貴女は本当にそれで良いんですか⁉　いくら助かる為と言ったって、好きでもない男とセックスするんですよ⁉」

「……それは、大丈夫です。だって――」

――だって私は、貴方の事が好きだから。

だがその想いを口に出す事なく、懸命に手を動かし、ようやくベルトを外した。

『真珠の魔女。性行為が終わったらすぐに脱出準備をしますから、あまり脱がせ過ぎないように。陰茎を露出させるだけで大丈夫です』

「わ、わかった」

「何が〝わかった〟なんですか⁉　とにかく待ってくださ……おい待てって！」

ラルジュは動く生身の左手で、ファラウラを必死に阻止しようとする。

だがある意味パニック状態に陥っているファラウラはまったく聞く耳を持たない。

勢いのまま、ベルトにかけた両手をグイと引き下ろした。

――男性器がその姿を現した瞬間、ファラウラはピタリと動きを止めた。

生まれて初めて目にした男性器と、周囲に漂う濃い男の匂い。それはファラウラを怯《ひる》ませるのに十分な効果を発揮していた。

「もう良いでしょ？　昨夜は野営で風呂にも入ってないし、諸々貴女には無理ですって」

ここまでされて開き直ったのか、ラルジュは余裕を取り戻したように薄ら笑いを浮かべている。

「だ、大丈夫です……！　こ、これをどうすれば良いの？」

ファラウラは救いを求めるように仔猫を見た。経験のないファラウラは、誰かから教えて貰うしかないのだ。

『では陰茎を両手で挟み、ゆっくりと上下に擦ってください。ゆっくりですよ？　力を抜いて、優しく』

「こ、こう？」

「ちょ、おい……！」

余裕な表情から一転、ラルジュは焦ったような声をあげた。だがファラウラの指がおずおずと性器に触れた途端、左手で顔を覆いながら低い呻《うめ》き声をあげた。

『上手ですよ。ほら、勃起してきました。陰茎が硬くなって来たでしょう？』

「ビクビク動くから滑っちゃう……。セールヴォランさん、痛くないですか？」

ラルジュは顔を覆ったまま何も答えない。ただ肩を大きく上くださせながら、断続的に荒い息を吐いている。

『真珠の魔女、快楽を感じると男性は何も言えなくなるものですよ。痛い時は痛いとおっしゃるでしょう。少し強く握って、もっと手を早く動かしてください』

「強く握って……早く動かす……」

仔猫の指示に、生真面目なファラウラは一生懸命その通りに手を動かしていく。

それに伴い、手の中の男性器はますます硬く、大きく変化していく。

（この先端から出て来るトロトロした透明の液体は何かしら……。コレのおかげで動かしやすいけど、手がベタベタになっちゃう……）

ファラウラは液体を止めようと試みた。液を吐き出しヒクつく穴に、親指をあててグッと押す。

「うぁっ……！」

同時に切羽詰まったような声があがった。驚き顔を上げたファラウラの前で、ラルジュは背を逸らして歯を食い縛っている。顔を覆っていた左手は石床を摑み、その指先は白くなっていた。

『真珠の魔女！　手を放して！』

「え!?　は、はい！」

鋭く飛んだ仔猫の指示に、ファラウラは急いで従った。そのまま、肩の横で両手を上げて待機する。

『真珠の魔女、そこは敏感な部分ですから、擦ったりしたら射精してしまいます。貴女の中で果てて貰わない事には意味がありませんよ？』

「ごめんなさい……」

『準備はこんなものでしょう。真珠の魔女、後は副団長の指示に従ってください。終わったら教えて頂けますか』

そう言うと、仔猫はくるりと後ろを向いた。そして銀の耳を両の前足で押さえ、『伏せ』の体勢になる。

ファラウラは頷き、両手をあげたままでラルジュの顔をじっと見つめた。

◇

ラルジュ・セールヴォランは込み上げる射精感を必死で堪えていた。

大胆過ぎる行動を取った魔女は、足の間で大きな瞳を潤ませている。

「あの、これからどうすれば良いのか教えて頂けますか……？」

「教えるのは構わないですけど、ここから先に進んだらもう取り返しがつかないですよ？　良いんですか？　貴女は薔薇竜のお嬢様なのに」

魔女は一瞬瞳を伏せた。その姿に、なぜか妙な苛立ちが募る。

（……まぁ、本当は嫌なんだろうな。俺なんかに処女を奪われるなんて）

「良い、です。皆で無事に帰るには、この方法しかありません」

「……わかりました」

この魔女が案外と頑固な女だという事はもうわかっている。もう何を言っても聞かないだろう。どちらにしても確かに、彼女の提示した作戦に従うしか現状を打開する方法はない。そう自身に言い聞かせながら、見つめて来る魔女と目を合わせる。

射精感は少し治まって来ていた。

「もっと僕の方に近寄ってください。そう、もっと。じゃあ膝立ちになって腰を浮かせて」

「は、はい……」

素直に従ういじらしい姿。心の内側で真っ黒な棘に覆われた何かを、ふわふわとした羽根でくすぐられているような感覚が走る。

――婚約者だったイヴェールとは、身体の関係はなかった。ただ、天馬に乗りたがるイヴェールを愛馬に乗せては何度か遠出をした事がある。甘い香りを放つ柔らかな身体を強く抱き締めても、緊張こそすれ性的な欲は感じなかった。

――あの時は、自分の自制心の賜物《たまもの》だと思っていたけれど。

「足を開いて、そのまま僕に摑まって」

「あ、足……。は、はい……」

細い腕が再び首に回り、抱きついたままおずおずと両足を開く。その間にある秘められた部分を想像するだけで、強烈な欲が込み上げて来る。

「出来るだけ痛くない方が良いでしょ。ちょっと触りますよ？」

「はい、あ、ひぅっ……！」

魔女は濃淡様々な桃色の薄布を何枚か重ね合わせた、花びらのようなスカートをはいていた。ラルジュは左手を後ろに回し、裾から素早く指を潜り込ませる。

「まず上から撫でてみますね。撫でるだけですから、そう痛くないと思いますが」

下着の上からゆっくりとなぞるように、秘部へと触れる。

「んんっ！」

「本当は舌で舐《な》めた方が良いんでしょうけど、時間もないので直接触りますね。痛かったら言ってください」

手探りで指を押し込み、下着の横から温かく柔らかな割れ目に触れた。そこは予想に反し、ほとんど濡れてはいない。

（……この状況で濡れてないって事は、本当に義務感だけなのかよ。ムカつく女だな）

胸を渦巻く謎の感情。それをごまかすかのように、割れ目の中に左手の中指と薬指を軽く突き込んだ。

「あっ……！」

魔女はかすかに身を捩り、眉根をきつく寄せていた。だが『痛い』とは言って来ない。そのまま浅い所で指を往復させていると、指先にとろみのある液体が絡み始めて来た。その感触を指に感じた瞬間、言いようのない安堵と喜びに胸が満たされていく。

「濡れて来たな、少し深い所触りますよ？」

「んっ、ん……はい……っ」

「右手が使えればもっと気持ち良くしてあげられるんですけどね、これで我慢してください」

――ゆっくりと指を沈めると、ヒクつく媚肉が指を心地よく締めつけて来る。

根本まで沈めたところで壁を抉《えぐ》るように指を動かす。

「ひゃうぅっ！　あっ、あ……っ」

魔女は子犬のような悲鳴をあげながら、首元にしがみついて来た。健気に膝立ちをしているものの、腰がガクガクと震えている。

「力を抜いて、大丈夫だから。ほら、聞こえるでしょ？」

あえて少し激しく指を抜き差ししてやると、辺りに粘ついた水音が響く。

恥ずかしいのか、魔女はいやいやと首を振る。その唇に口づけたいという、突如として湧き上がった衝動を懸命に堪えながら、指をひたすら動かし続ける。

「気持ち良い？」

「わ、わかんな、い……っ！」

蜜は絶え間なく溢《あふ》れて来る。上手く受け止められないだけで、感じているのは間違いない。右手が使えれば、中を刺激しながら陰核を弄る事が出来る。そうしたら、もっと気持ち良くしてやれたのに。

「あっ、あぅっ、んあぁっ！　セ、セールヴォランさ……！」

「ん？　痛い？」

ふるふると首を横に振りながら、涙目で見上げる仕草が本当に可愛い。

半開きの唇は、断続的に甘い喘ぎを発している。この声をずっと聞いていたい。

いや、唇で塞ぎ口の中を舌でめちゃくちゃにしてやりたい。

思わず、そんな凶暴な思いに駆られる。

「気持ち良いでしょ？　他にどうして欲しい？」

己の口から出たとは思えない甘い声。

それにひどく戸惑いながらも、指を動かす事は止めない。

「んぁっ、あっ、お腹の、中が変……なの……んんっ！　あっ、怖、い……！」

「怖い？　何が怖いんですか？　僕？」

「違い、ます……っ！　セールヴォランさん、は怖くない、の……っ」

「僕が怖くないなら、他に怖い事なんてないですよ。安心して、絶対に痛くしないから」

耳元で囁いてやると、中が一層きゅっと締まる。その素直な反応に口元を緩ませながら、ゆっくりとかき混ぜる指の数を増やした。

「あっ、あっ、んんっ！」

指を動かす度にしがみつく腕に力が入り、身体が小刻みに震えていく。

おそらく、絶頂が近いのだろう。

「ちょっと激しくしますね。そろそろイキそうでしょ」

そう言うと、魔女の返答を待たずに指を本格的に動かした。花びらのようなスカートの中で、溢れる蜜が飛び散っていく。

より深く激しく、抉るように指を回転させる。やがて、細腰がまるで痙攣《けいれん》するかのように細かく震え始めた。

「あっ、なに、いや、いやっ！」

「嫌じゃないでしょ。ほら、イッて」

「あ、あ、やっ！　いやっ、あぅうっ、ひっ、あぁぁっ！」

甲高い悲鳴の後、一際大きく体を震わせ魔女はガクリと力を抜いた。時折ビクビクと跳ねる身体から、むせかえるような甘い香りが漂って来る。

「はうぅ……」

「うん、上手にイケましたね」

ラルジュは潤む秘裂から指をゆっくりと抜いて行く。離れたくない、とばかりに吸いついてくる襞《ひだ》は、引き抜く際に密やかな水音を立てていた。

「ここまでほぐせば十分かな。身体は辛くない？」

「うん……」

魔女は脱力したまま、子供のように頷いている。その余りにいじらしい姿に、ラルジュは最後にもう一度だけ聞いた。

「……貴女は薔薇竜の家の娘。僕では責任を負えない。本当に良いんですか？」

――もちろん、この問いかけに意味がない事くらいわかっている。彼女は巣穴から脱出する為に、最善の策を取っているだけだ。

「だ、大丈夫……」

消え入るように小さな、だが明確に覚悟の籠った声がはっきりと聞こえた。

これで仮に、薔薇竜の家に娘を傷モノにした事がバレたとしても罪を問われる事はないだろう。それなのに、この胸が安堵に満たされないのはなぜなのか。

「……まぁ、貴女なら僕に責任を取らせる必要なんてないか。良かったです。気が楽になりました。じゃあもう挿《い》れますね」

ラルジュは魔女の髪をサラサラと撫でた。気持ちよさそうに目を細める姿を見れば見るほど、何とも言えない重苦しい気持ちが満ちていく。

「体勢を変えましょうか。膝立ちだと岩で擦れて痛いですから、僕の上にしゃがみ込んでしてください。足をこっちに。そう、手は肩に乗せたまま。ゆっくり息を吸って、吐いて」

魔女は大人しく言いつけに従っている。ラルジュは急くように魔女の細腰を抱き寄せ、痛いくらいに勃起した陰茎で濡れた秘裂を一気に貫いた。

「ひあぁぁあっ！　いっ、痛い……！　あぁぁっ！」

「うっ……！」

——想像以上に膣内が狭くてキツい。だがそれ以上に、目が眩《くら》みそうなほど気持ち良い。余りの快楽に、油断をすると意識を持って行かれそうになる。

「あっあっ！　んぁっ！　あぁっ！」

左手でがっちりと腰を摑み、動く左足を突っ張って衝動のままに腰を動かす。

熱く蕩けた膣壁はまるで生き物のようにうねり、竿を締め上げ亀頭を嬲《なぶ》る。

「クソッ！　魔女ってのは、ココも人間離れしてんのかよ……！」

尋常でない速さで背筋を駆け昇って来る射精感。それに戸惑う気持ちを誤魔化すかのように、ラルジュは左手を苺色の頭部に回し思いきり引き寄せた。

「んんっ⁉　ん――っ！」

我慢できず、髪と同じ苺のような唇に噛みつくように口づける。

そのまま強引に舌で口を割り広げ、怯えるように動かない柔らかな舌を絡め取り、容赦なく小さな口内を蹂躙《じゅうりん》していく。

「んんーっ、んっ」

口づけもした事がないのだろう。呼吸が上手く出来ていない。

苦しいのか次第にビクビクと体を震わせ始めた。仕方なく、唇を離してやる。

「あっ、はぁっ、はうぅ……」

「ほら、こっちを向いて。俺の顔を見て」

「んっ！　やぁっ、あっ、むり、ですぅっ！」

不自由な体勢のせいで派手に腰を振る事が出来ない代わりに、顔を見ていたかった。だが、処女には酷な命令だったらしい。

魔女は虚ろな顔になり、その視線は定まっていない。半開きの口元からは、唾液がこぼれて落ちていく。

「あっあっ、あんんっ……いや、だめ、あぅっ、そこ、だめっ……！」

「うぁあっ……！　く、出る……！」

限界に来ていた射精感に身を任せ、ガツガツと腰を動かし容赦なく最奥に吐精する。ビクビクと震える身体を強く抱き締めながら、ゆるゆると腰を振り最後の一滴までも注ぎこんだ。

腕の中の華奢《きゃしゃ》な身体から、がくんと力が抜けていく。それを受け止めながら、体内からずるりと性器を引き抜いた。一度射精したにも関わらず、陰茎はまったく萎えていない。

「まぁ最近、溜まってたからな……」

ひとまず、右腕を動かしてみた。武器は難なく持ち上がる。

今度は右足を動かしてみた。まだぎこちないが動く。魔女と身体を繋げた事で、魔獣核が自動修復を開始したのだ。

ぐったりとした魔女の身体を支えながら、少し離れた所にいる銀の仔猫に目線を向けてみた。仔猫はまだ、律義に背を向けたままでいる。

「はぁ、ったく……」

ラルジュは溜め息を一つ吐き、意識のない魔女をそっと地面に横たえた。

そして未だ硬度を保ったままの己の性器を左手で握り、激しく上下に擦り上げる。

「うあ、ぁっ！　クソッ……」

普段行っている自慰よりも、格段に達するのが早い。

「はぁ、あっ、う、イクッ……！」

失神した女を眺めながら自慰に耽る背徳感に、あっという間もなく二度目の射精を迎えた。両足の間に、派手に精液が飛び散っていく。

ラルジュは白濁したそれを見つめながら、もう一度、大きな溜め息を吐いた。

# 第四章　金貨の雨

ぽたぽたと、水の垂れる音が断続的に聞こえる。

「ん……」

ファラウラはゆっくりと目を開けた。見えたのは、ゴツゴツとした白鋼岩の天井。

それを見た途端、すぐに我に返った。ここは砂礫蟻の巣穴の中だ。

「あ、これ……」

身を起こすと、体に上着がかけられていた。焼け焦げた跡がつき、泥で汚れた軍服。それに指を触れた瞬間、意識を失う前に自分がこの上着の主と何をしていたのかを思い出した。

——長い指が、誰にも触れられた事のない部分に潜り込み中を何度も愛撫《あいぶ》された。

身体の内側に彼を受け入れた時は、初めての快楽にただ喘《あえ》ぐ事しか出来なかった。

一瞬だけ息が止まりそうな圧迫感があったけれど、その後はすぐに激しい快楽に飲み込まれた。

身体が溶け出すような甘い感覚と、好きな男に抱かれているという幸福感。

身体だけでなく、心も満たされていた。ずいぶんと優しく扱われていたような気もするが、細かい事はほとんど覚えていない。

けれど、一つだけはっきりと覚えている言葉がある。

『僕では責任を負えない』

もちろん、責任を取らせるつもりなんてない。そもそもこの方法はファラウラが言い出した事だ。好意を伝えるつもりはないし、身体を繋げるのもこれっきりだ。

けれど改めて言われたその言葉は、ファラウラを想像以上に打ちのめしていた。

「……わかっているわ。私なんかじゃ釣り合わないもの」

と、ファラウラはそこで初めて周囲を見渡した。そのラルジュも銀の仔猫も、どこにも姿が見当たらない。

「どこに行っちゃったの？」

上着を持ったまま立ち上がろうとした次の瞬間、辺りに轟音《ごうおん》が響いた。

直後に、激しい崩落音も聞こえる。

「な、何⁉」

『真珠の魔女！』

入り口に向かう穴の方から銀の仔猫が駆けて来た。仔猫はファラウラの肩に飛び乗り、頬にその柔らかな身体を擦りつけて来た。

『お目覚めになられましたか、真珠の魔女。お体は大丈夫ですか？』

「え、えぇ。ねぇ、今の音は何？」

『副団長がレールガンで表のアリクイ共を吹き飛ばした音です。さぁ、早くここから脱出しましょう。羽根箒もお忘れなく』

「わ、わかったわ」

ファラウラはホウキと軍服を抱え、入り口に向かって走った。

自分達のいた『蟻達の洗い場』を抜けると、巣穴に飛び込んだ時よりも倍以上に広がった入り口が見えた。

周囲の岩は、まるで溶岩のように赤く溶け崩れている。

その手前に長身の男が立っていた。右腕の巨大な銃からは、バチバチと青い火花が散っている。

『副団長！』

仔猫の声に、長身の男、ラルジュ・セールヴォランがこちらを振り向いた。

魔獣核が傷ついた事で曇っていた蒼玉の義眼も、元通りの鮮やかな青を取り戻している。

「あぁ、ちょうど良かった。表にいた刃翼蟻喰は全滅させましたから、もう外に出られますよ」

「そ、そうですか。それはご苦労様でした」

そう小さく礼を述べた後、ファラウラはラルジュの顔をそっと見上げた。

（あ……）

——その整った顔には、驚くほどこれまでと変わらない表情しか浮かんでいなかった。とても数刻前には身体を繋《つな》げていたとは思えない。それほど、照れも気まずさもないごく自然な表情だった。

その顔を目にした時、まるで胸の中を氷が滑り落ちて行ったかのような錯覚を覚えた。

自分は何て愚かな女なのだろう。この期に及んで、一体何を期待していたというのか。

今は魔法を使えない。だから蒼玉を通して感情を探る事は不可能だ。

けれど、そんな事をしなくたってわかる。彼を一人の男として意識しているのは自分だけなのだ、と。

「本当にありがとうございました、セールヴォランさん」

ファラウラは落胆を押し隠しながら、綺麗に微笑んでみせた。気持ちを抑えながら笑う術は、入学式のあの日からすでにこの身に沁みついている。

「…………いいえ。それより、体は大丈夫ですか？」

「え⁉　えぇ、大丈夫です」

「熱は？」

そう言われれば、と己の額に手を当てた。だが、特に発熱している様子もなければ身体もそこまでだるくもない。

「ありません。お気遣いありがとうございます」

ラルジュの気遣いに応えながら、ファラウラは驚いていた。

確かに、昔からちょっとした事ですぐ熱を出していた。
それが、処女喪失といった精神的にも体力的にも色々とすり減った場面で熱を出さなかったなんて珍しい。

「……そうですか」

なぜだか不機嫌そうな顔の男から素早く視線を外し、今度は肩の仔猫に問いかけた。

「ねぇ、プリムさんの恋人さん達はどうなったの？」

『ちょうどわたしと副団長がここに来た時、外から声が聞こえました。森の入り口付近で新たに現れた腐爪熊の群れと戦っていたそうです。今は皆さん、副団長の指示で先にピエスドールへ向かわれております』

「そう。良かった、プリムさんもこれで一安心ね」

ファラウラは胸を撫で下ろした。全員無事だというのなら、こちらも急いでピエスドールに戻らなければならない。

「行きましょうか」

熱を発する岩壁に触れないように気をつけながら、慎重に巣穴の外に出る。
辺りはもう真っ暗になっていた。紺色の空には、月と煌めく星々が見える。

「もうすっかり暗くなっちゃったのね。今は何時頃かしら」

『二十時過ぎだと思います』

ホウキに乗って飛べば、ピエスドールまで一時間程度で帰れる。それなら『金貨の雨』

のお祭りにも十分参加出来るかもしれない。

だがファラウラはすぐにその考えを打ち消した。真珠のネックレスは巣穴の中に飛び込む直前に失くしてしまった。落ちているのは元の入り口の近くだろう。

となると、ラルジュの攻撃で跡形もなく燃え尽きてしまった可能性が高い。

「……残念だわ」

「何が、ですか？」

気づくと、すぐ後ろにラルジュが立っていた。やはり、どこか怒ったような顔をしている。

「いえ、魔法が使えればホウキに乗ってピエスドールに戻れたのに、と思って。金貨の雨が見たかったんです」

ラルジュは無言で左手を伸ばし、ファラウラの手から己の上着を取り上げた。

「それならここからでも見えますよ。むしろこの辺りは標高が高いので綺麗に見えるはずです。ピエスドールの名物、と言っておいた方が観光客も来ますからね、そういう風に謳っているだけです」

「え、そうなのですか!?」

「そうです。だから帰りながら見れば良いでしょ」

帰りながら、という事は魔導二輪の後部座席からになる。

飛行しながらのように、ゆっくりのんびり見られる訳ではないだろうが、悪くはないかもしれない。

「……そうさせていただきます」

「ちょっと待っていて貰えますか。腕をつけ替えないと」

ラルジュはさっさと己の魔導二輪の元に歩いて行く。その背を見ながら、ファラウラはふと彼は『金貨の雨』が持つ逸話を知っているのだろうか、と考えていた。

◇

月明かりの下。夜道を駆ける魔導二輪の上。

ファラウラはひどく困惑をしていた。なぜ、こんな事になっているのだろう。

(私の身体を気遣ってくれているのでしょうけど……)

――今、ファラウラはラルジュの『前』に座っている。

初日の迎えの時も後輩の結婚式の日も、ずっと後部座席に乗っていた。

それなのに今は、ラルジュの腕にすっぽりと包み込まれしかも横向きに座らされている。そのせいで、ラルジュの胸に両手でしっかりと抱きつくような状態になっているのだ。

「……あの、セールヴォランさん」

「何ですか?」

「この体勢、なんですけど、曲道の時とか落ちそうになって怖いんです。今までみたいに後ろに乗せて貰うか、せめて前側を向いて座っては駄目ですか？」

「カーブの時は僕が支えているし、しっかりしがみついていれば落ちないですよ」

「あ、でも……」

「ちょっと黙ってて貰っても良いですか。集中しているんで」

冷たく言い放たれ、ファラウラは仕方なく口を噤んだ。ラルジュの言う通り、曲がりに差し掛かった時は左手でしっかりと抱き締めてくれる。

ファラウラの右半身はほとんどラルジュに接触している為、安定感はむしろ後部に座っていた時よりはある。

ただ、落ち着かないのだ。今こうしてファラウラを支えている手。先ほどは自分ですら触れた事のない場所に触れていた。そして男の身体に備わっているものでファラウラを未知の領域に押し上げ、それから――。

（ダメダメダメ！　何を考えているのよ！）

知らず、頬が熱くなっていく。考えてはいけないと思えば思うほど、身体を繋げた記憶が鮮明に蘇って来る。

本当に馬鹿みたいだと思う。この男にとってアレは些細な事、いや面倒事でしかなかっただろう。それなのに、自分はいつまでもあの温もりの中に居座っている。

『真珠の魔女、見てください。ほら、始まりましたよ』

ラルジュの後ろから、銀の仔猫の声が聞こえた。仔猫は今、ラルジュの背中にへばりついている。

「わぁ、すごい……！」

空を見上げたファラウラの目に映ったのは、空から降り注ぐ幾百もの流れ星。

ここまで美しい流星群を、ファラウラは見た事がない。

「止まりましょうか？」

「はい、是非！」

ちょうど直線の街道に差し掛かった所で、ラルジュは魔導二輪を停車させてくれた。

ファラウラは顔を大きく反らし、空を流れる星々に見惚れる。

「本当に、金貨が降っているみたい！　見て、セールヴォランさ……」

嬉しそうにはしゃいでいたファラウラの言葉が止まった。

こちらを見下ろす黒と青には、美しいものを目にした時の高揚は見当たらない。

代わりに、どこか切羽つまったような何とも言い難い光が両目に宿っている。

「ご、ごめんなさい、私だけ楽しんでしまって」

うつむくファラウラの顎に、黒鋼の指が触れる。そのまま顎を掬《すく》うように持ち上げられたかと思うと、ごく自然に唇を重ねられた。

ファラウラは驚きのあまり、目を見開く事しか出来ない。

少しカサついた唇はすぐに離れた。硬直するファラウラに向けて、何事もなかったかのように声がかけられる。

「星はもう良いですか？　僕もいい加減、風呂に入ってゆっくりしたいんですけど」

「え⁉　あ、はい、大丈夫、です……」

ラルジュは一つ頷き、再び魔導二輪のエンジンをかけた。

「ほら、ちゃんと摑まって」

「は、はい！」

（い、今の、今のは、何⁉）

慌ててラルジュに抱きつきながら、ファラウラは混乱のあまり目眩を起こしそうになっていた。

◇

ピエスドールには、二十二時前に到着をした。『金貨の雨』はもう降り止んでいたが、街はいまだにお祭り騒ぎが続いていた。

「僕はとりあえず病院に行って来ます。貴女も早く宿に戻ってください」

「は、はい。わかりました」

ファラウラは素直に頷いた。身体はひどく疲れているし、何だか気持ちも落ち着かない。一刻も早く宿に戻って身体を休めたかった。

『副団長、我が主から団長がこちらに向かっていると連絡がありました。わたしも一緒に行きます』

銀の仔猫はラルジュの背から肩に移動していた。

「わかった。それから、騎士団の連中の前では俺に話しかけないでくれ」

『副団長……』

仔猫は困惑したように、ファラウラの顔を見た。ファラウラは小さく首を振る。

『……かしこまりました』

「じゃあ私は先に戻っているわ。団長さんによろしくね」

『……はい。お気をつけて、真珠の魔女』

どこか不満を滲ませた仔猫に笑顔を向けてみせた後、ファラウラは魔導二輪から飛び降りた。後部に括りつけてあるホウキを外し、ラルジュと仔猫に背を向ける。

「魔女さん」

「はい？」

振り返った瞬間、ドキリと心臓が跳ねた。ラルジュの顔には、先ほど口づけをされた時と同じような表情が浮かんでいる。

「な、何でしょう」

「このお祭り騒ぎは明け方近くまで続きます。ですが、部屋から一歩も出ないようにしてください。それから明日の朝は僕が迎えに行きます」

「え？　お迎え、ですか？」

ファラウラは首を傾げた。ひょっとして、自分も明日一緒に帰る羽目になるのだろうか。それは困る。あと二日はピエスドールの街で滞在する予定にしているのだ。

そのつもりで宿もとったし、何よりもこの二日の間にやっておきたい事があった。

「ごめんなさい、私は二日後に帰ります。宿にもそう伝えてありますし、アレニエさんが街に戻って来られた時の様子やエテでの事は、その子から詳しく聞いてください」

「宿はキャンセルすれば良いでしょ。ピエスドールは大きな街ですが〝金貨の雨〟以外の見所はありません。帰ったら約束通り、僕が色々連れて行ってあげますから」

ラルジュは澄ました顔で言う。その余りに身勝手な言い分に、ファラウラは段々腹が立って来るのがわかった。

(何なの？　一体、何がしたいの⁉)

さっきは仔猫に『話しかけるな』と言っていた。仔猫と会話が出来る事が周りにバレたら、必然的にファラウラと身体の関係を持った事が知られてしまう。

きっと、それが嫌なのだと思う。

——それなら、金貨の雨が降る中で口づけなんてされたくなかった。

どこかに連れて行ってくれる約束など、すっぱりと忘れて欲しかった。

これでは、好意を持たれていると勘違いをしてしまう。

(ううん、絶対にからかっているんだわ。私が、垢抜けない田舎の女だからって……！)

「いいえ結構です！　今回はせっかくの長い休暇なので好きな事を好きな時にしたいんで

す！　私、一人で！」

一人、を殊更に強調してみせながら、ファラウラはつんとそっぽを向いた。

視界の端に、前足で額を押さえている仔猫の姿が目に入る。

「ではお先に失礼しますわ、副団長さん」

胸に手を当て優雅に一礼をした後、ホウキを握りしめその場から駆け出した。もう何を言われても、振り返るつもりは一切なかった。

◇

『副団長。我々も病院へ向かいましょう』

「……あぁ」

ラルジュは溜め息を一つ吐き、魔導二輪をゆっくりと動かした。

胸の奥に渦巻く『何か』の存在に気づいてはいるが、今はそれに向き合う気にはなれない。

――先ほどまで腕の中にいた、細くて柔らかな身体。砂礫蟻の巣の中では、その無垢な身体を抱いて純潔を奪った。あんな場所で処女を失うなんて不本意だっただろう。本当なら、身分に釣り合った男に宝物のように扱われるべき女なのに。

ラルジュは片手を上げ、顔の右側に触れた。刺青のせいで見た目はわかりにくいが、近くに寄るか、触れたらわかる。顔半分に、引き攣れたような醜い傷がある事が。

『……何を気にしていらっしゃるのかわかりませんが、真珠の魔女はその傷痕にはとっくに気づいていらっしゃいますよ』

肩口から銀の仔猫の静かな声が聞こえる。団長夫人の使い魔。いつもニャーニャーという鳴き声でしか聞こえていなかったのに、こんなに理知的な喋り方をしていたなんて今日初めて知った。

『我が主がいつも心配していました。あの方は他人の痛みには敏感なのに、ご自身の痛みには非常に鈍いと。仮に真珠の魔女を傷つけるような真似をなさったら、主があなたを絶対に許さないでしょう』

「……わかってる」

傷つけるつもりはない。だが、彼女は別に傷ついてやしないだろう。

何と言っても、互いの温もりを感じ合ったあの行為をなかった事にされたのだから。

──彼女はきっと狼狽えているだろうと思った。こっちだって、どんな顔をすれば良いのかよくわからなかったのだ。だから必死でいつも通りに振舞った。それなのに、あの魔女は狼狽えるどころか綺麗な笑顔をこちらに向けて来た。

今だってそうだ。ラルジュの事を、必要ないときっぱり言い切っていた。

「……傷ついたのは、俺の方だろ」

彼女とは家格も立場も違う。そしてこっちは右目と右の手足を欠損し、醜い傷のついた顔に刺青だって入っている。どう考えても彼女との間に『何か』が生まれるはずがない。

けれど、なぜか心が惹かれていくのを段々と止められなくなってきていた。

その感情に戸惑っている最中に、身体を先に繋げる羽目になった。

気持ちの混乱はますます深まっていく。そんな中、金貨の雨を見て無邪気に笑う彼女を見た瞬間、湧き上がって来た衝動を抑える事が出来なかった。

『……金貨の雨は男女の絆を強くする。雨降る中で、口づけを交わした男女の絆を』

唄うように呟く仔猫の声を、ラルジュは聞こえなかったフリをした。

＊＊＊＊＊

日付を跨いだ午前零時過ぎ。

ファラウラは街中でベンチに腰かけ、野菜とハムを挟んだパンを食べていた。

『大人しくしていろ』というラルジュの言葉に逆らいたかった訳ではない。

単純に空腹になったのだ。宿に夕食はついていたが、『金貨の雨』を見る為に昨夜の夕食は断っていた。とりあえず眠ろうとはしてみたが、昼食以来なにも食べていなかったせいで空腹のあまり眠れなくなってしまったのだ。

「この時間に食べるなんて罪悪感があるけど、本当に美味しい！」

――バターをたっぷりと練り込んだ、生地が何層にもなったアシエの名物とも言えるパン。このサクサクとした香りの良いパンを取り扱っている店は、モジャウハラートにもある。だが、本場のものは味がまったく違う。

ファラウラはもぐもぐと口を動かしながら、真っ直ぐに噴水を見つめていた。

周囲の街灯が美しく飾られているのは知っているが、状況的にそちらを見る事が出来ない。

（本当に、カップルが多いのね……）

昼間、仔猫から聞いてはいたがまさかここまでとは思わなかった。

そしてそのカップルのほとんどが、暇さえあれば口づけを交わし合っている。

どこに目を向けても互いの唇を熱く貪り合う男女ばかりで、ファラウラは噴水を凝視するのが精一杯だった。もちろん、その噴水の周囲にもカップルはひしめいている。

「羨ましいな……」

そう呟いた途端に、ラルジュの顔が頭に浮かんだ。次いで思い出されるのは、カサついた唇の感触。

「だめだめ！　だめ！　忘れなさい、ファラウラ！」

甘く疼き始めた身体をごまかすように、思いきりパンに齧りつく。

（私ったらこんなに未練がましい女だったのね。こんな気持ち、パンと一緒に飲み込んでしまえたら良いのに……）

そんな風に思いながら、無心にパンを齧る。

「魔女様！」

「え？」

最後の一口を飲み込み、パンくずを払っているファラウラに何者かが近づいて来る。見ると、焦げ茶色の髪をした純朴そうな青年が立っていた。

「えぇと、何か？」

「失礼します。あの、昼間に魔女様が機装騎士の傷を癒すところを偶然見かけたものですから。ちょっとお話をしてもよろしいですか？」

「え？　えぇ、どうぞ」

ファラウラはベンチの端に寄る。青年は一礼をした後、遠慮がちに座った。

「私はピエスドールの出身で医学生なんです。普段は医術大学校の寮に入っているのですが、試験休みで一週間前から帰省していました。それにしても、魔法ってやっぱりすごいですね。見ていて感動をしました。私も魔法を使えたら良かったのに」

青年はキラキラとした眼差しでファラウラを見ている。どうやら、医師の卵として治癒術に興味を持ったようだった。

「いいえ、現代の治癒魔法は止血と鎮痛くらいしか出来ません。遥か古代の治癒魔法は傷を完全に治す、という事も出来たようですが、その魔法術式は後世に残されていないのです。ですから、お医者様は必要不可欠な存在なのですよ」

ファラウラの言葉に、青年は照れたように笑った。

「今回の帰省はラッキーな事ばかりだったな。機装騎士や魔法使いも見られたし、金貨の雨も綺麗でした。そうそう、街に戻った翌日には、聖騎士も見かけたんですよ」

「聖騎士……？」

ファラウラの胸がドクリと鳴った。聖騎士。なぜ、彼らがこの辺りに？

「あの、どちらでお見かけになったのですか？」

「家の前です。というか、早朝散歩に出かけてすぐ、空を見上げたら天馬が飛んでいたんです。朝の四時前くらいだったかと」

——アシエの上空を聖騎士が飛行している。ただそれだけだ。おかしな事なんて何もない。けれど、この胸騒ぎは一体何なのだろう。

「天馬はどの方向に向かっていました⁉　北ですか？　それとも東？」

「あ、あの、魔女様？」

ファラウラはずいと青年に詰め寄った。いきなり顔を近づけて来たファラウラに、青年は頬を赤くし戸惑っている。

「……何をしているんですか」

不意に、背後から押し殺したような低い声が聞こえた。

聞き覚えのある、だが決して聞こえてはならないその声に、ファラウラの背筋が凍りついた。

「わ、私はこれで失礼します！　ありがとうございました、魔女様！」

青年は弾かれたように飛びあがり、なぜか全速力でその場から離れていく。

その後ろ姿を目で追いながら、ファラウラはダラダラと流れる冷や汗を拭う事も出来ずにいた。

背中に激しい怒りの気配を感じる。ファラウラは恐怖と焦りで身動き一つ出来ないでいた。そして、背後に立つ男は何も言わない。

――漂う空気が重苦しすぎる。ファラウラは意を決し顔を上げ、恐る恐る背後を振り返った。

「こんばんは、魔女さん」

「こ、こんばんは、セールヴォランさん……」

ラルジュは軍服を脱ぎ、カジュアルなシャツを羽織っただけの姿だった。初めて見る私服姿に状況を一瞬忘れ、つい見惚れてしまう。当のラルジュは、無表情でファラウラを見下ろしていた。

「こ、これには事情が。その、セールヴォランさんの言いつけに逆らった訳では――」

ファラウラはごくりと喉を上くださせ、急いで言い訳を試みた。

ただ空腹に逆らえなかっただけで、本当に大人しくしているつもりだったのだ。

「ごめんなさい！　ちょっと食事に出かけただけです。食べ終わったら、すぐ帰るつもりでしたから！」

「……誰ですか」

「は、はい？」

「……今の男。誰なんですか？　顔を近づけたりしてやけに親密そうでしたけど。あぁ、もしかして僕はお邪魔でした？」

「ち、違います！」

勝手に部屋を出た事を咎められるのかと思っていたが、どうも方向性が違う。

ファラウラはひとまず、青年とのやり取りを話した。

「……聖騎士が？」

「はい。それで、どの方角に向かったのか聞こうとしたんです。そうしたら、セールヴォランさんが」

「なんだ。そうだったんですか」

「……？　そうだったのです、けど」

その反応に、ファラウラは少し違和感を抱いた。

だが、それを聞く前にラルジュはファラウラの隣に腰かけた。

その手には紙袋が握られている。見つめるファラウラの視線に気づいたのか、ラルジュは紙袋を持ち上げてみせた。

「あの仔猫が、貴女が食事をしたかどうか心配をしていたので軽く食べられる物を届けに来ました。結局、必要なかったみたいですけどね。まぁ、貴女が食事を済ませている可能性も考えて一人分しか買って来なかったんで、これは僕が食べます」

そう言うと、ラルジュは紙袋に手を突っ込み、中身を取り出した。

それは先ほどファラウラが食べていたのと同じパンだった。ただし中身が違う。野菜と、何か白いふわふわとしたものがパンの間に挟まっている。

「その白いふわふわは何ですか？」

「これはチーズです。といっても脂肪分を取り除いてあるヤツですけど。貴女に太るだのなんだのと文句を言われたくなかったので、一応気を使いました」

軽く肩を竦めながら、ラルジュはパンに齧りついた。途端に、バターの良い香りが周囲に漂う。

ラルジュは特に味わうでもなく雑にパンを食べている。ファラウラは何となく、そんなラルジュの様子を見守っていた。

「……食べます？」

――見つめる視線が物欲しそうに見えたのかもしれない。三分の一程度に量を減らしたパンを、ラルジュがこちらに差し出して来た。

「え⁉　いえいえ！　どうぞそのままお召し上がりください！」

可愛がっている後輩ダムアとですら、一つのものを二人で食べるなどという事をした事がない。ましてや恋人でもない男の食べかけを食べるなど、ファラウラには絶対に出来ない。

「そんなに焦らないでくださいよ。冗談に決まっているでしょ」

ラルジュは残りのパンを一気に口へと放り込み、澄ました顔で両手をはたいている。

ファラウラは気を取り直し、先ほど抱いた違和感を口にした。

「セールヴォランさん、聖騎士を見かけたと聞いても驚いていらっしゃいませんでしたね。どうしてですか？」

パンを咀嚼《そしゃく》する顎の動きが一瞬止まり、やがて喉が大きく上下した。

「別に、今回の任務は聖騎士団から回って来たからです。一定地域における魔獣の発生に対しての調査命令。二年前と同じです。二年前は機装騎士に来るはずだったこの任務が、今回はきちんと機装騎士に回って来た。何を驚く事があるんですか？」

——嘘だ。ファラウラはそう直感した。なぜなら、この機装騎士団副団長はこの疑問を投げかけてからずっと、一度もこちらを見ようとしない。

「……団長さんは、何とおっしゃっているのですか？」

「ひとまず二、三日ほどエテの村に逗留するそうです。村に魔獣が押し寄せて来なければ、その時点で森へ調査に向かうと言っていました。団長が何もかも放り出してすっ飛んで来たせいで、僕は明日……いえ、今日ですね、本部へ戻らないといけないんですよ」

ラルジュの顔にはどこか苦々しげな表情が浮かんでいる。だが、ファラウラには朗報だった。これで自由に動く事が出来る。

「大変、それなら早くご自身の宿にお帰りにならないと。お疲れでしょう？　私もすぐ宿に戻ります」

「そうですね、もう眠くて死にそうです」

本当に眠そうなラルジュの姿に、ファラウラは思わず笑みを浮かべた。

今の彼は軍服を身にまとっていないせいか、どこか隙があるように見える。

「セールヴォランさん、大丈夫ですか？　飛んでお送りしましょうか？」

「結構です、歩いて帰れますから。じゃあ行きましょうか」

「え？」

立ち上がったラルジュはファラウラの手を取り、有無を言わさず歩き出した。

「ま、待ってセールヴォランさん。私の事は送ってくださらなくて大丈夫ですから……！」

「送らないですよ。僕も宿に戻るだけです。あぁ、言ってなかったですけど僕も貴女と同じ宿です。さらに言うと隣の部屋。これなら明日、迎えの時間を節約出来ますから」

ファラウラは仰天した。宿が同じ？　なぜそんな事に？

それはともかく、一緒に帰るのが決定事項になっているのは非常に困る。

（これでは森へ調査に行く事が出来なくなってしまうわ。団長さん達も二、三日はエテで様子を見るというし、せっかくのチャンスなのに……！）

――ファラウラは改造魔獣について単独で調査をするつもりだったのだ。

真珠を複数持って行けば、昨日のような失態を犯す事はない。

それに、いかに魔術改造された魔獣とはいえ自分なら魔法で制圧が出来る。

「昨日も言いましたけど、私はまだ帰りません。それに本部へ戻るという事は、団長さんの代わりを務められる訳でしょう？　一緒に帰ったところで私の相手などしている場合ではないと思いますし……」

ラルジュは何も答えない。ファラウラの手を強く摑んだまま、ただひたすら夜道を歩いて行く。そうやって引きずられるように歩く事、数分。

宿泊先の宿が見えて来た所で、ファラウラは抑えていた不満を爆発させた。

「ちょっと待ってください！　どうして話を聞いてくださらないの⁉　私は絶対に帰りませんから！」

はしたないと思いつつ、苛立ちに任せて摑まれていた手を思い切り振りほどく。

そしてそのまま横をすり抜け、宿に向かう足を早めた。

「……無神経女」

ファラウラはぴたりと足を止めた。今、後ろから結構な悪口が聞こえた気がする。

「えぇと、よく聞こえなかったわ。今、何ておっしゃったの？」

「すみません、つい心の声が。いや、無神経な女だなって思ったんで」

言葉の意味を理解した途端、ファラウラの身体は怒りに震えた。そのような言葉を向けられる意味がまったくわからない。

「どういう意味でしょう。失礼だわ！」

ファラウラの怒りを真っ向から受け止めながらも、ラルジュはまったく怯む様子を見せない。むしろ、小馬鹿にするように嗤《わら》っている。

「そのままの意味ですが？　こっちはアレからずっと悩んでいるっていうのに、貴女は何も気にしていない。おまけにクソほど疲れた中で夜の街を探して、やっと見つけたと思ったら見ず知らずの男に隙を見せているし、僕と一緒にいたくないとまで言う！　これが無神経じゃなかったら何なんですか⁉」

「わ、私は別に……！」

『隙を見せている』の部分はよくわからないし、一緒にいたくないなんて一言も言っていない。そんな事よりもっと引っかかる発言に、ファラウラの怒りは頂点に達した。

「……悩んでいるですって？　それはあの砂礫蟻の巣穴での事をおっしゃっているの？　私は気になさらないで、と言ったはずです！　周りに言い触らすような人間だと思われているなら心外だわ！」

「その〝気にしないで良い〟って態度が気に食わないんですよ！　気にするだろ普通！　それなのに、何事もなかったような態度を取りやがって！」

初めて見る、感情を剝き出しにした姿。けれどファラウラだって負けてはいない。

「貴方だって、使い魔のあの子に〝話しかけるな〟って釘を刺していたじゃない！　私と魔力を譲渡する行為をした事を、皆さんに知られたくないからでしょう⁉」

「俺は貴女に気を使ったんだよ！　相手が俺だと知られたら嫌だろうと思って！」

「嫌なんかじゃないわ！　だって私は……！」

ファラウラはそこで口を噤んだ。この先の言葉を、言う訳にはいかない。

「……なんでもありません。もうこのお話は止めましょう。おやすみなさい、セールヴォランさん」

――少し頭を冷やさなくてはいけない。ファラウラは再びラルジュに背を向けた。

いや、向けようとした。だがそれは叶わなかった。腕を強く引かれ、男の長い腕の中に閉じ込められていたからだ。

「な、なに、なにを……！」

「もう一度言う。僕では貴女に対して責任を負えない。貴女はそれに対してどう思う？」

「ど、どう思うって……。ですから、大丈夫ですと申し上げましたでしょ？　私はあの時、ちゃんと覚悟を持って貴方と……！」

言い終わる前に、黒鋼の手で顎を摑まれ強引に目線を合わせられた。

顔を上げた先では、欲に染まった黒と青がこちらを見下ろしている。

「……そうですか。では僕も貴女と同じ覚悟を持つ事にします。貴女には、辛い思いをさせる事になると思いますが」

熱を孕《はら》んだ声が耳をくすぐる。だが、ファラウラは自らの心が悲しみの底に滑り落ちていく音を聞いた。彼は今、ファラウラに性的な欲求を覚えている。

瞳に浮かぶ色だけではない。抱き締められている腹部に感じる圧迫感からもわかる。

その上できっぱりと言い切った。『覚悟を持つ』と。

欲の解消と、魔力を譲渡させる為に覚悟を持ってファラウラと身体を重ねる。

けれど責任は負わない。それ故に辛い思いをさせると、そう言いたいのだろう。

「わかりました。私は大丈夫です。……大丈夫」

ファラウラは両の腕をラルジュの背に回した。

どちらにしても、未婚の状態で処女を失った以上、まともな縁談なんて来やしない。

だったら、初めて恋をした相手に何もかも捧げる。愛も誇りも信念も、全てを。

そういう人生を選択したって良い。

ファラウラは一瞬微笑んだ後、目を閉じずっと言いたかった言葉を口にした。

「私の名前は、ファラウラ。ファラウラ・マルバです」


数秒の後、息が止まりそうなほど強く抱き締められた。

◇

「きゃあっ！」

部屋に入るなり、まるで放り投げるようにベッドに下ろされた。

小さく悲鳴をあげ、戸惑い怯えるファラウラの上に、ラルジュが覆い被さって来る。

「あ、あの！　セールヴォランさん、今日は王都《ラザン》に戻らなくてはならないのでしょう？

こ、こういう事をなさっていないで、お眠りになられた方が良いのでは……」

「平気です。貴女のおかげで魔法が使えるようになったので、さっき体力回復をしておきました」

ラルジュは涼しい顔で言いながら、ファラウラの衣服を手際よく脱がせていく。

食事をしたらすぐに帰るつもりだったせいで、ふわりとしたワンピースしか身に着けていなかった。抵抗する間もなく、あっという間に下着姿にされてしまう。

「待って、明かりを消してください……！」

「嫌です。消したら何も見えないでしょ」

――明るい電灯の下でまじまじと全身を見られ、思わず両手で身体を隠す。

暗い巣穴の中とは違い、光の下での行為は恥ずかしくて仕方がない。

「……ファラウラ」

「は、はい」

ラルジュは覆い被さったまま、唐突にファラウラの名前をポツリと呟いた。

ファラウラは反射的に返事をする。だがその後、ラルジュは何も言わない。ただ無言で、ファラウラの顔をじっと見下ろしている。

数分の間、互いに何も言わない。続く沈黙に耐え兼ね、ファラウラは思わず声をあげた。

「あ、あの、どうして何もおっしゃらないの？」

「……貴女こそ、なんで何も言わないんですか」

「え？　何を、ですか？」

封印された魔女の名前を呼ぶことの出来る男に、名前を呼ばれた。だから返事をした。その他に何を言えというのか。

ファラウラは今の状況も忘れ、小首を傾げて考えた。途端にラルジュの舌打ちが飛んで来る。

「そうやって首を傾げる仕草を他のヤツの前でしないでください。可愛く見えない事もないですから。でも調子にのらないように。そんな風に思うのは僕くらいです」

「あ、はい……」

褒められたような気もするが、けなされたような気もする。ファラウラはどう反応して良いのかわからず、困ったようにラルジュを見つめた。

「……僕の名前を覚えていますか？」

「もちろんです。ラルジュ・セールヴォランさん」

「わかっているんなら、呼べば良いじゃないですか」

「今、呼びましたけど……？」

途端に苦虫を噛み潰したような顔のラルジュから、二度目の舌打ちが降って来た。

「なんで俺はこんな鈍い女に……。もういいです。ほら、手をどかして。邪魔」

「あ、でも……」

「早く」

半ば脅すように急かされ、ファラウラは身体を覆う両手を外した。

といっても、ほんの少し横にずらしただけだ。それ以上はどうしても出来ない。

「……覚悟を決めてくれたんじゃないんですか？　それとも、やっぱり嫌になった？」

どこか不安の滲んだ声を聞き、ファラウラは急いで首を振った。

そうだ。自分は覚悟を決めたのだ。恋する男の、望むようにしようと。

「いいえ、嫌ではありません」

そう言い切ると、両手を伸ばしラルジュの首にしがみつく。

ラルジュは一瞬驚いたように目を見開き、やがてファラウラの首筋に顔を埋めた。

揺れる黒髪が肌に触れてくすぐったい。次の瞬間、首筋にチクリとした痛みが走った。

「んっ……！」

「痛かったですか？　気にしないでください、ちょっと目印を付けただけですから」

――目印とは何の事だろう。よくわからないが、彼が楽しいならそれで良い。

ファラウラは目を閉じ、襲い来る甘い痛みを大人しく受け入れる事にした。

◇

いつの間にか、胸元の下着は取り払われていた。身体中を撫でまわされ、音を立てて肌のあちこちを吸われる。巣穴の中での行為とはまったく違う、身体中を甘やかされている感覚に意識がふわふわと飛びそうになる。

「ひぁっ！」

緊張で硬く尖《とが》った胸の先端に強く吸いつかれ、ファラウラはビクンと身体を跳ねさせた。吸われたまま、舌先で敏感な先端をくすぐられると自らの意志に関わらずビクビクと腰が動いてしまう。

「ふあああぁっ！　あっ！　やぁっ！」

くすぐったさに身を捩る度、足の間から濡れたような音が響く。その意味を、今のファラウラはもうわかっている。

「足を上げて。脱がせてあげますから」

胸を少し弄られただけで、身体は簡単に蜜を溢れさせる。恥ずかしさに目を開ける事が出来ず、ただ言われるがまま震える足を上げた。下着は瞬く間にするすると脱がされ、ファラウラは完全に生まれたままの姿になった。

「ファラウラ、目を開けて。恥ずかしいなら、僕の顔を見ていれば良いでしょ」

「は、はい……」

ファラウラはおずおずと目を開き、上目遣いで男を見つめる。そこでふと気づいた。自分は一人真っ裸にされているのに、ラルジュはシャツの前を開けただけで、完全に脱いではいない。

下も、ベルトを緩めてすらいなかった。『肝心な部分』は窮屈そうに盛り上がっているというのに。

「あ、あの……」

「ん？　何です？」

「ず、ずるいです……。私だけお洋服、脱いでいるのなんて……」

「僕の裸が見たいって事ですか？」

「そ、そうではありません！」

裸が見たい訳ではない。不公平だと言いたいのだ。

「別に恥ずかしくも何ともないですけど、右の手足は黒鋼製なので貴女に痣《あざ》をつけやしないかと心配しただけです。ちょっと待ってください、そこまで言うなら脱ぎますから」

「いえ、ですから私は、別に――」

と、ファラウラはそこで言葉を止めた。この男にはずっと、色んな意味で翻弄されてばかりなのだ。少しは悪戯心を持っても許されるのではないだろうか。

「そ、それなら全部、脱いで見せてくれる？」

必死で甘え声を出しながら、男の顔を両手でそっと挟み、ラルジュの目を見つめる。かすかに見開かれた目を見た途端、即座に後悔の念に襲われた。きっと彼は『似合わない事をしない方が良いですよ』と小馬鹿にするに違いない。

だが、事はファラウラの予想と大きくかけ離れていた。

「……貴女は魔女じゃなくて悪魔だな。本当に、俺の頭をおかしくさせてくれる」

ラルジュは乱暴な手つきでシャツを脱ぎ、急くようにベルトを外し全ての衣服を脱いでいく。それらをまとめて放り投げると、熱を孕んだ眼差しでファラウラを見下ろした。

「脱ぎましたよ？　ではどうぞ、お好きなだけ見てください」

膝立ちのまま、黒髪をかき上げる男の身体は細身だが筋肉がしっかりとついている。右手と右足は付け根から金属に変わり、腕は肩口まで、足は右脇腹まで細かい蔦のような文様の刺青がびっしりと彫られている。

引き締まった腹の真ん中にある臍《へそ》には耳と同じ蒼玉と樹蜜色の宝石のピアスがつけられていて、何とも言えない凄絶な色気を醸し出していた。

「ちゃんと見ました？　ほら、目を逸らさないで。貴女が言い出したんですよ？」

「も、もう大丈夫です……！」

悪戯心を出した代償は大きかった。恥ずかし過ぎて、これ以上は直視出来ない。

ファラウラは思わず両手で顔を覆った。臍のピアスも衝撃だったが、それ以上にもっと恐ろしいものを目にしてしまったからだ。

「見てないでしょ。ほら、ココもちゃんと見て。後でコレが貴女の中に入るんですから」

「や、やだ……」

うっかり見てしまったのは、完全に臨戦態勢になった男性器。

先端からたらたらと透明な液体を溢れさせ、太い血管が浮いていた。心なしか、この前よりもさらに大きく見えるような気がする。

「そ、そんな大きいの、私には無理です……！」

「お褒めに預かり、どうも。大丈夫ですよ、昨日は入ったでしょ？　それより、もう見ないんですか？　だったら次は、僕の番ですね。貴女の恥ずかしいところを、全部見せて貰います。この前はよく見えなかったから」

「み、見なくていいです……！　やだ、待って、いやぁぁっ！」

いきなり両膝の裏を摑まれ、足を折りたたまれたかと思うと思いきり左右に開かれた。秘められた部分が男の目の前に曝け出される、その信じられない体勢にファラウラは甲高い悲鳴をあげた。

「いやー！　いやいやっ！　やめて、見ないで……！」

「ん、わかりました。じゃあ見るのは止めます」

ファラウラはホッと安堵の息を吐き、全身の力を抜いた。次の瞬間、ファラウラの全身を電流が走ったかのような鋭い刺激が襲う。

「ひっ！　あぁぁっ！」

——強引に開かされた両足。その間にある秘めた割れ目に、熱く滑る舌が差し込まれた。指の時とは異なる、まるで神経を直接触られているかのような感覚に身体が勝手に跳ねていく。

「あっ！　んあっ！　ひっ、あぁぁぁっ！」

室内に満ちる、激しい水音。ラルジュはじたばたと暴れるファラウラをものともせず、膝を抱き込み、まるで深い口づけをしているかのような執拗さで潤んだ割れ目の奥深くに舌を差し込んでいく。

その舌を左右に動かされ襞をくすぐられる内に、下腹部に熱い塊が集まって来るかのような感覚を覚えた。

「はぁ、あうぅっ！　セ、セールヴォランさ、まって、止めて……」

ファラウラは弱々しく、足の間で妖しく蠢くラルジュの黒髪を摑んだ。

「あぁぁっ！」

途端に敏感な突起を強く吸われ、思わず両手を離して背を反らす。けれど、容赦なく与えられる強烈な快楽からは逃れる事が出来ない。

「お、お願い！　セールヴォランさん、少しだけ、少しだけ止まって……！」

涙まじりの声で必死に懇願する。数秒の後にようやく、苛烈な責めが止まった。

代わりに、不機嫌そうな声が足の間から聞こえて来る。

「……ここからが楽しいのに止める意味がわからないんですが。それに、どうしても止めて欲しければ他に頼み方があるでしょ？」

「た、頼み方……？」

ファラウラ的にはこの上なく丁寧に頼んでいる。これ以上どうすれば良いのだろう。

「残念。時間切れです。じゃあ続きをしますね」

無言のファラウラに焦《じ》れたのか、ラルジュは無慈悲な宣告を告げた。ファラウラはいやいやと首を振る。舌の動きが止まったおかげで、身体の火照りは少し去った。

けれど、再び責めを受ける心の準備がまだ出来ていない。

「ファラウラ。やっぱり俺が怖い？」

「い、いいえ……」

「そう、俺は怖くない。怖くなくて、貴女に優しいのは誰？」

優しいとは思わないが、とりあえず怖くはない。ファラウラはそれを素直に口にした。

「セールヴォランさん、です」

「クソッ！　これでも駄目かよ……」

ラルジュはがっくりと肩を落とした。

「あ、あの」

「……ったく、鈍いクセに身体だけ敏感とか何なんだよ。あー！　もう頭きた！　ここから先は泣いても喚いても絶対に止めてやらないからな！」

意味不明な内容を口にしながら、ラルジュは再びファラウラの両足を掴んだ。

自分の両目は、さぞかし獰猛な光を帯びている事だろう。ラルジュは再びファラウラの足の間に顔を埋めた。いまだ潤んだままの割れ目に向けて舌を伸ばし、右手で陰核の皮を剝《む》く。

そして飛び出して来た敏感な芽を、尖らせた舌でくすぐりながら押し潰した。

「いやあぁぁっ！　あっ！　やあぁっ！」

ファラウラは背筋を反らせて悲鳴をあげた。行為に慣れていない彼女には強すぎる刺激を与えている自覚はある。けれど泣き喘ぐその姿を可愛いと思いこそすれ、可哀想とは思わない。陰核をくすぐる舌はそのままに、ガクガクと痙攣する腰を押さえ込む。

そして左手の指を、蜜を吐き出す穴に躊躇なく沈めた。

「ひあっ……！　あぁぁーっ！」

激しく抜き差しする度に、指がきつく締めつけられる。繰り返し中を抉りながら、耳に心地よく響く甘い悲鳴と淫靡な水音を堪能する。

「ふあぁぁっ！　いやっ！　いやーっ！」

悲鳴と共に、髪がぐしゃりと摑まれた。性器を嬲る舌と指から逃れたいのだろう。けれど、髪を摑む手にはほとんど力が込められていない。その証拠に、頭を軽く振るだけで髪を摑む手は簡単に離れた。

ラルジュは喉の奥で微かに笑い、陰核を嬲る舌を外した。舌と透明な糸で繫がれた陰核は、可哀そうなほど真っ赤になって腫れている。ただし左の指は変わらずファラウラの体内に埋め込んだままだ。

「んく、あうぅ……」

ファラウラは汗と涙、そして涎で顔をぐしゃぐしゃにしたまま、全身を小刻みに震わせている。

「可愛い顔。そう思うのは俺くらい……って事もないんだろうけどな、本当は」

左手を動かしながら、鋼鉄の右手で薄い腹をなぞる。冷たい右手でゆっくりと腹を撫でながら、その手を形の良い臍の上でぴたりと止めた。

「揃いのピアスってのも良いかもな。でも、この綺麗な肌に傷をつけるのは嫌だな……」

思わず独り言を漏らしながら臍の周囲を指でなぞり、膣内を刺激する指の動きを一層激しくしていく。

「あっあっあっ！　あ、なにか変……！　いや、いや、こわい……！」

絶頂が近いのだろう。ファラウラはどこか縋りつくような眼差しで、必死にこちらを見ている。

「どうしました？　イキそう？」

「あっ、わか、わかんな……！」

「この前よりも深いイキ方をするでしょうけど、怖がらないで良いですから」

「ひっ……！　あぁあっ！　やっ、セール、ヴォランさ……！」

「セールヴォランさん、じゃないっての」

溜め息を一つ吐き、お仕置きとばかりに奥深くに指を突き込む。哀れな白い身体は、打ち上げられた魚のようにビクビクと跳ねた。

「ひぅっ……！　あっ……」

喘ぎ過ぎたのか、悲鳴は既に掠《かす》れている。それと同時に、指の間から透明の液体が溢れ出して来た。それを確認したラルジュは、頬をわずかに緩める。

そして飛沫《しぶき》が飛び散るままに指を動かし、金属の指で臍をトントンと軽く突いた。

「ひあぁっ……！」

ひと際甲高い声を上げたファラウラの背が折れそうにのけ反る。

急いで指を引き抜き、宥めるように抱き締めてやった。ファラウラは、腕の中でぐったりと力を抜いている。

「はぁ、はぁ……、あうぅ……」

「ほら、頑張って。この後が本番になるんですから」

「あ……まっ……て……」

「さっき待ってあげたでしょ」

怯えたように首を振るファラウラの耳の後ろに軽く口づけ、力のまったく入っていない両足を抱え直す。

「こっちを見て。今から貴女の中に入っていく男の顔を、ちゃんと見ておいてください」

「ん、ん……」

透明な膜に包まれた新緑色の瞳がラルジュを捉えた。この無垢な瞳は、この後すぐに快楽に染まる。染め上げるのはこの俺だ。そう考えただけで、背筋がゾクゾクと震える。

「ファラウラ、力を抜いて」

お預けを喰らい過ぎた陰茎は、軽く痛みを感じるほど硬く勃ち上がっている。それを摑み、濡れ切った割れ目に沿わせて動かした。たったそれだけで、意識を奪われそうなほど気持ち良い。快感に耐えながら陰茎を上下に擦り続けると、次第にファラウラの腰がもどかし気に揺れ始めた。

「欲しくなりました？　もう挿れて欲しい？」

「い、いじわ、る……！」

「意地悪なのは貴女でしょ。俺を焦らしてばっかりで」

「うぅ……じ、焦らして、なんか……」

無意識に男を求め、腰を振る姿はひどく扇情的だった。それでも本来の清楚さを失う事はない。その無意識の媚態は、時にひどく憎らしく思える。

「はぁ、駄目だ。俺が我慢出来そうにない……！」

ラルジュはファラウラの両足を、自らの腰に回させた。そして蜜を吐き出す穴に己の陰茎をあてがい、思いきり突き入れていく。

「ひっ……！　あぁぁぁっ！」

ファラウラが悲鳴を上げる。だがその声には甘さが多分に含まれており、痛がっている様子は見られない。

「痛くない？」

「あぅっ、んっ、は、い……っ」

「それは良かった。じゃあ遠慮なく動きますね？〝痛い方がまだマシだった〟ってくらい、おかしくさせてあげますから」

「い、いや……」

顔の横に手をつき、腰をゆっくりと動かす。前後に揺する度に中の襞が絡みつき、信じられないほどの快感を脳に送って来る。

「はぁ、クソッ……！　なんでこんなに気持ちイイんだよ、貴女の中は……！」

じっくりいじめてやろうと思っていたのに、むしろ甚振《いたぶ》られているのは自分の方な気がする。

「まずい、気持ち良すぎ……」

上体を起こし、膝立ちになった状態で細腰を抱きかかえた。ファラウラは背を反らせたまま、両腕をだらりと横に投げ出している。そのまま、結合部が泡立つほどの勢いで腰を叩きつけていく。

「あっあっ！　あんっ！　やっ、つよく、しないでぇっ！」

――舌ったらずな喘ぎ声に、ますます気持ちが昂っていく。ラルジュはギリギリと音が鳴るほど歯を食い縛り、ひたすら腰を動かし続けた。

「ひっ……!?　あっ、だめ、いや、また、また変なのが、きちゃう……！」

「うっ、俺も、もうイキそ……！」

射精感が背筋を駆け昇って来る。だが、こちらが先に果てるのだけは絶対に避けたい。

ラルジュは上体を伏せ、尖り切った胸の先端に軽く齧りついた。

「ひぁっ、あぁぁぁ――っ！」

「ぐ、うぅっ……！」

壊れた人形のように、ガクガクと身体を跳ねさせ大きな瞳を見開いたまま、ファラウラは激しい絶頂を迎えていた。その直後、ラルジュも痙攣する膣肉に絞られるように腰を震わせ、熱い精を体内に吐き出していく。

絶頂の瞬間に自分の名前を呼ばせたい。そんな邪な企みも、頭の中から綺麗に吹き飛んでしまっていた。

◇

余韻をじっくりと楽しんだ後、大きく息を吐きながらゆっくりと性器を引き抜いていく。完全に引き抜いた途端、ラルジュの形に開いたままの穴から大量の精液が溢れ出して来た。

ファラウラは完全に気を失っている。ラルジュは薄く微笑み、軽く開いた唇にそっと口づけを落とした。

そのまま、汗塗れの顔に張りついた苺色の髪を指で丁寧に整える。この髪も、初めて会った時には真っ直ぐと縦巻きが交互になった変な髪、としか思わなかった。

これも、薔薇竜の家の特徴なのだろうか。

「薔薇竜の家、か」

実家であるセールヴォラン家もアシエでは名家に入る。だが国内外にもその名が知れ渡る薔薇竜の家には遠く及ばない。その家の娘を図らずも抱く事になってしまったあの時から、ラルジュはずっと考えていた。

例え結婚前に処女を失っていたとしても、薔薇竜の娘なら欲しがる男は大勢いるだろう。だから怖気づいた。それを認めたくなくて『責任を負えない』と逃げた。

それなのに、彼女が自分と身体を重ねた事を気にしていない素振りを見せた時にはひどく腹が立った。

――いや違う。傷ついた。自分の胸で子供のように泣いた彼女を抱き締めた時に、己の胸の内に生まれた感情を否定されたような気がしたから。

自分勝手に過ぎる事くらいわかっている。だからすっぱりと諦めようと思ったのに。

『見て！　セールヴォランさん！』

けれど金貨の雨を見つめながら瞳を輝かせ、無邪気に笑う彼女を見たその瞬間、諦めはいとも簡単に吹き飛んでしまった。

自分は決して安月給ではない。それでも薔薇竜の家の娘に相応しい大きな屋敷も、大勢の使用人を与えられるほどではない。

「……もう決めた。貴女が覚悟を持って俺について来てくれると言うのなら、俺は全力で貴女を守る。どちらにしても俺は」

呟きながら、苺色の髪を鋼鉄の指にくるくると巻き付ける。

「……この先何があっても、貴女以外の女を愛せる気がしない」

髪を巻きつけた指で、柔らかな頰を突く。意識のないファラウラがむずかるように顔をしかめる姿に、思わず頰を緩める。

この健気で愛らしい女は自分のものだ。誰にも渡さないし、自分達の仲は誰にも邪魔させない。

「ファラウラ、後一回くらい頑張れるだろ？」

ラルジュは右手の指をパチンと鳴らし体力回復の魔法を展開させた。

次に意識のないファラウラをひっくり返し、後背位の体勢に持っていく。モジャウハラートでは禁止されている体位だというのは知っているが、ここはアシエなのだ。

それに、生涯を共にする覚悟を決めた自分達には関係ない。

——この時、機装騎士副団長、ラルジュ・セールヴォランは気がついていなかった。

自分がファラウラに対して、肝心な言葉を何一つ口にしていない事を。この穏やかで幸せな一時《ひととき》は、あくまでも自分一人の感覚《もの》でしかなかったという事を。

# 第五章　笑う聖騎士

風を切って疾走する魔導二輪の上。ファラウラはぼんやりと流れる景色を眺めていた。身体の節々が痛くて重い。そして何よりも、耐えがたい眠気が先ほどからずっと襲ってきている。

(今、何時頃なのかしら……)

雨が降る前触れなのか、頬を撫でる風は湿り気を帯びている。空は薄暗く、時間がよくわからない。

そもそも、いつ魔導二輪に乗ったのかを覚えていない。宿に帰って来てからすぐ、ラルジュの泊まる部屋に連れ込まれベッドの上で何度も抱かれた。

窓の外が明るくなって来たのは覚えているような気がするが、そこから先の記憶がまったくない。ファラウラはノロノロと視線を動かし、己の服装を確認する。

――お気に入りの濃い緑のワンピース。首には白いストールが巻かれていた。着替えた記憶はもちろんない。という事は、恐らくラルジュに着替えさせて貰ったのだろう。

その事実を直視する勇気はなく、ひとまず忘れる事にした。

（調査に行きたかったのに……）

ファラウラは朧《おぼろ》げな意識の中で、銀の仔猫の気配を探った。

自分がこんなにぐったりとしているのに仔猫が何も言って来ない訳がない。だが、その気配はまったく感じられない。

「セールヴォランさん……あの子は……」

「あぁ、団長夫人の使い魔ですか。彼は団長と一緒です。貴女が眠っている間に宿から連絡を入れておきました。団長達は今日一日エテの村で待機して、明日には王都に戻ると言っていました。怪我した仲間も全員連れ帰るそうです。といっても退院ではなく転院なんで、王都の病院に直行ですけどね」

「明日……」

冷たい風を浴びている内に、段々と頭が回り始める。確か宿に戻る前、外で話をしていた時には『団長は二、三日ほどエテに逗留し、何事もなければ調査に入る』と言っていたはずだ。

「あの、魔獣の調査はされないのですか……？」

「大量発生に関してなら、解決しています。改造魔獣の気配を感じた他の魔獣達が森の入り口付近まで逃げて来たのが原因だと思われます。あの改造魔獣に関してはまた別件になるんですが、少なくとももう襲っては来ないはずです」

「え、どうしてですか？」

ファラウラは首を傾げた。なぜ、そんな事がわかるのだろう。

「貴女が知る必要はありません。それから、王都に到着するのは夜になりますから寝ていても良いですよ。上着のポケットに林檎バター飴《あめ》が入っているんで、お腹が空いたらそれでも舐めてください。トイレは五分前に申告をお願いします。草むらがありそうな場所で停車しますから」

淡々と言われたその言葉に、ファラウラは顔色を変えた。今どの辺りにいるのかはわからないが、今さら森に戻って調査をする気はない。だったら、わざわざ恥ずかしい思いをするのはごめんだ。

「いえいえ！　下ろして頂ければ私、飛んで帰りますから！」

「……なんでそんなに僕から離れようとするんですか？　二時間前は僕の背中に足を絡みつけて離さなかったクセに」

「い、言わないでください！　というか、覚えていません！」

「本当に……？　僕に必死でしがみついて来た事も覚えていないんですか？　魔力はもう溜まったし妊娠はまだ先の予定だし、外に出そうと思ったのに離れないから焦りましたよ。ま、中へ出す前に何とか引き剝がしたんで安心してください」

「ち、違、私は、あの」

——本当は、行為中の記憶はきちんとある。何度か体位を変えられる中、後ろから抱かれる罪悪感にだけは耐える事が出来なかった。だから再び後背位の姿勢に持って行かれないよう、一生懸命考えた末の行動だったのだ。

「おかしな国ですよね、モジャウハラートって。キスする時には舌を入れない。結婚前のセックスも禁止。おまけに体位は正常位以外不可。馬鹿馬鹿し過ぎて思わず調べたんですけど、セックス中に乳首弄るのもクリ舐めるのも禁止なんですね。アナルセックスに至っては禁固刑。前者はともかく、後者に関しては同性愛への差別とも取られかねないのに」

ラルジュは際どい台詞を恥ずかしげもなく口にしている。ファラウラはあまりの羞恥に言葉を発する事も出来ない。

(こ、こんな破廉恥な言葉を平気な顔で女性に言うなんて……！)

確かにモジャウハラートの戒律は厳しい。外国人などから『男尊女卑が過ぎる』と呆れられる事も多々ある。だが、ファラウラからすると逆にアシエは自由過ぎるのだ。

「も、もう、このままで結構です！　あの私、少し眠っても良いですか？」

「どうぞ。ただし、もっとちゃんと掴まって貰えますか」

「……はい」

言われるまでもなく、ファラウラはしっかりとしがみついている。けれど、このラルジュ・セールヴォランは何か一言でも言わないと気が済まないタイプなのだろう。

「頬を僕にくっつけて。身体をもっとこっちに寄せて。違う、もっと強く掴まってください。もしかして疲れたんですか？　体力回復をしてあげたのに？　普段、飛んでばかりいるから体力がないんですよ。これからは定期的に運動した方が良いですよ」

「……はい」

「まぁ、僕がそれなりの運動なら、させてあげられますけどね」

「……はい」

『体力回復』の魔法は確かにかけて貰った。だが全快する訳ではない。

基礎体力のあるラルジュとファラウラでは回復量に差があるに決まっている。

だが、ここで言い返すと余計面倒になる事はもうわかっていた。

ファラウラは言葉を右から左に聞き流しながら、適当に相槌を打っていた。

「そうだわ。あの、王都に着いたらそこからは一人で帰ります。お屋敷まで送ってくださらなくても大丈夫です」

「いいえ。申し訳ないですが、このまま僕と一緒に聖騎士団長の所に来て貰います」

予想外の言葉にファラウラは驚く。なぜ、部外者どころか外国人の自分が聖騎士団長と面会しなければならない？

「どうして私が？　それに、遅い時間にお邪魔したらご迷惑なのでは？」

「……どうしてか、と言われたら貴女に側にいて貰いたいからです。時間の事は気にしないでください。もうじき機装騎士団と聖騎士団の交流試合がありますから、皆遅くまで残って訓練しているんですよ。団長は帰宅しているかもしれませんが、歴代の団長に与えられる屋敷は敷地内にあるので」

「そう、ですか」

何とかそれだけを返し、ファラウラは目を閉じた。眠くなった訳ではない。そんなものは、今の一瞬で吹っ飛んでしまった。

『貴女に側にいて貰いたい』

それは、本来ならばとても嬉しい言葉のはずだ。けれどファラウラにはそうは思えなかった。どうしてなのか知らないが、ラルジュは改造魔獣達がもはや村を襲わないであろう事を知っている。それは恐らく聖騎士団にとっても重要な情報のはずだ。

一刻も早く、昔の古巣へ報告に行きたいという気持ちはわかる。

けれど、こちらには団長夫人ダムアの使い魔がいるのだ。彼を通してダムアに連絡をし、残留している機装騎士から伝えさせれば何倍も早く情報を届けられる。

なのに、わざわざ自らが出向く理由。それは、自分が重要な情報を持っているという事を聖騎士団に、ひいては元婚約者に知らしめたいからではないのか。

だから伝言を頼む事なく自らが乗り込んで行く事にしたのでは。

——あの妖精のような元婚約者は、聖騎士ではなくなったラルジュに冷淡だったという。けれど、以前出会った時はそんな風には思わなかった。

ラルジュがファラウラについて来いというのも、彼女の気を引く為なのかもしれない。

(これが〝当て馬〟というものなのね……。わかっていても、悲しいものだわ……)

そんな気持ちをごまかすように、ファラウラは愛する男の胸元にそっと顔を埋めた。

即座に、髪を優しく撫でられた。たったそれだけの事で胸が喜びに満たされる。

偽物の優しさに縋る事しか出来ない、そんな自分がひどく哀れだった。

◇

ラルジュは苺色の髪を撫でながら、思わず口元を緩ませた。

抱いている時の、忘我の極地でしがみついて来る姿も愛らしいが、こうして素の状態で甘えて来るのが本当に可愛い。もっと構ってやりたいが、その前にやらなければならない事がある。

ピエスドールで聖騎士が目撃されたという話を聞いた時、気持ちが重く沈んだ。予想外の事態にショックを受けた訳ではない。やっぱりそうだったのか、という思いがあったからだ。

二年前の事はもうどうでも良い。そもそも入院している間に全ての事態に説明がつけられていたからだ。亡くなった騎士の遺族に対する賠償も行われていたし、自分の義手義足、義眼の代金も全額聖騎士団が支払った。だからそれ以上何も言う事は出来なかったが、今回の件は別だ。

機装騎士団は自分にとって今や大切な居場所になっている。その大事な仲間達を巻き込んだ報いだけは、受けて貰わねばならない。

＊＊＊＊＊＊

ラルジュは十五歳で聖騎士になった。

聖騎士は魔導協会に加入しているが、登録としては初期魔法が使える者『魔法技術者』になる。けれどラルジュは少し違った。

持ち前の高い魔力のおかげか、聖騎士の中で唯一、高度な防御魔法が使えたのだ。

そして二十二歳の時には、歴代の団長の中で最強と謳われたカルムの愛娘、イヴェールと婚約をした。ラルジュはその時、すでに第三席の地位に昇りつめていた。

『お前のような優秀な男に、我が娘を託したいと思っている』

尊敬する団長から直々に言われた時には、誇らしさで胸がいっぱいになった。

六つ下のイヴェールは可憐《かれん》で愛らしかったし、何よりもこれで次期団長の座は約束されたようなものだ。それなりに野心のあったラルジュには、願ってもない縁談だった。

周囲からは嫉妬や羨望、様々な視線が向けられたが、妬まれる事に悪い気はしていなかった。

そこですぐイヴェールと結婚をしていれば、後の状況は変わっていたかもしれない。

だがイヴェールがまだ若すぎる、という理由で結婚は彼女が二十歳になってから行なわれる事になっていた。

そして、あの事件が起きた。その結果、結婚式目前で婚約破棄をされたのだ。

「……気が重いな」

ラルジュは大きな溜め息を吐いた。けれど、どうしても自分が行かなければならない。

『お前が行く必要はないよ』

過去を知るマルトー団長は渋い顔をしていた。だがそこを強引に押し切って来た。

正直に言うと、これで良いのか、という不安がある。だからこそファラウラに側にいて欲しかった。彼女はきっと訳がわからないだろうけど、共にいてくれるだけで不安が和らぐような気がした。

――今でも忘れられない事がある。

天馬から墜落し、硬い岩盤に叩きつけられ、手足が吹き飛ばされた酷い苦痛に呻きながら転がっていく己の右目を左目で見る、という地獄の時間を味わっていたその時。

背後で、押し殺した笑い声をあげる聖騎士が一人、いた事を。

＊＊＊＊＊

天馬のいななきが時折響く、聖騎士団の本拠地。

辺りはすっかり暗闇に包まれていたが、その一帯だけは灯りが煌々《こうこう》とついていた。

ラルジュが言っていた通り、遅い時間にもかかわらずまだ数多くの聖騎士達が残っていた。そんな中、魔導二輪で敷地内をゆっくりと進むファラウラ達に容赦なく無遠慮な視線が投げつけられる。

（うぅ……居心地が悪すぎるわ……）

しかもファラウラはラルジュにしっかりとしがみついたままだ。人前で異性と密着するなど、ファラウラにとっては気まずいどころの騒ぎではない。けれど、降りて歩くと何度言っても一向に聞き入れて貰えなかった。

「ラルジュ！」

最後にもう一度だけ頼んでみよう。そう思った時、横からラルジュの名を呼ぶ声が聞こえた。振り返ると、以前出会った蛇のような目つきの青年が立っていた。

「……フォリー」

「こんな遅い時間にどうしたんだよ」

「団長と、それから副団長に話があって来た。今回の機装騎士の任務について少し話したい事があって」

「それって面倒事？」

「……多分な」

ラルジュの言葉に、青年は顎を撫でながら何か考えるような表情をした。

「んー、でも今は間が悪いなぁ。今夜は副団長の悲願が達成された記念すべき日だからね。イヴェール嬢もいるし、ヤバそうな話はお嬢様に聞かせない方が良いんじゃない？」

「……副団長の悲願？」

「イヴェール嬢との婚約。元々、団長の奥さんは娘を爵位持ちの貴族と結婚させたかったらしいんだよね。で、副団長を婚約者にしようと色々勝手にやっていたみたいだよ」

「……副団長は伯爵位を持っているからな」

「そうそう。副団長もその気だったのに、団長はお前を選んだ。で、お前が婚約者じゃなくなってから猛アプローチが始まったって訳。けど、なぜかイヴェール嬢本人が副団長との婚約になかなか首を縦に振らなかったらしくてさ、まぁ、この度やっとって感じ？」

ファラウラはラルジュの顔を見上げた。その顔には何の感情も浮かんでいない。

その事に安堵し、そしてそんな自分をすぐに恥じた。元婚約者の新しい婚約。

それに対してラルジュが嫉妬する素振りを見せない事が嬉しいなんて、人としてあまりにも醜い。

「ともかく今夜は止めておいたら？　明日、また出直しなよ」

「いや、面倒事は早く済ませたい。イヴェール様がいたって俺は構わないよ」

ラルジュの冷淡な物言いに、なぜかファラウラが焦る。けれど青年は気にしていない様子だった。

「急ぎなら仕方がないな。でもその魔女さんも一緒に連れて行く気？　ここで待っていて貰った方が良いんじゃない？　俺が話し相手になってようか？」

「いい。彼女には俺と一緒に来て貰う」

辛子色の瞳が、ファラウラを捉えた。ファラウラは仕方なく小さく会釈をする。

「……へぇ。わかった、じゃあ俺が案内するね。あ、気を悪くしないでよ？　お前はイヴェール嬢の元婚約者様だから俺よりも屋敷に詳しいんだろうけど、今はほら、一応部外者な訳だから」

「一応、じゃない。普通に部外者だよ、俺は」

「そういうところ、本当に変わらないね」

青年は口の端を歪めてクスクスと笑っている。その姿に、ファラウラは何となく胸がざわつくような気がした。

◇

ファラウラはうつむいたまま、背中に大量の冷や汗をかいていた。その原因は、自らに向けられる鋭い視線のせいだった。視線なら聖騎士団の本拠地に入って来た時に散々浴びたが、少なくともそれらに悪意は含まれていなかったように思う。

けれど今は、明確な憎悪を向けられている。テーブルの向かい側に座る、儚げな美女。その紅水晶の瞳は明らかな敵意に満ちていた。

「それで、一体何が聞きたいんだ？」

——挨拶のあと、穏やかな声で語りかけてきたのは、聖騎士団団長カルム・ミルティユ。濃い紫の髪に多少白いものが混じってはいるが、肩や腕には見事な筋肉が盛り上がり十分に若々しい。

「まったく忌々しい。私とイヴェールの婚約がそんなに気に入らなかったのか？　こんな日にわざわざ押しかけて来るなんて」

——吐き捨てるように言ったのは副団長のリマス・ドロール。焦げ茶色の長い髪を後ろで縛り、眼鏡をかけた青の瞳は神経質そうに細められている。

「まぁまぁ、ラルジュの話っていうか機装騎士からの話ですよ？　ともかく聞いてみましょうよ」

——ヘラヘラと愛想笑いを浮かべているのはフォリー・ヴィペール。現在は第三席の地位にいるらしい。ラルジュとファラウラを屋敷内に案内した後、なぜかそのまま居座っていた。

「その前に。そちらの女性はどこのどなたですの？　名前も名乗らないなんて、失礼にも程があるのではなくて？」

——先ほどからファラウラに冷たい視線を浴びせているのは団長令嬢イヴェール。

ファラウラはその意見に、内心で全面同意していた。

普通、自分の知り合いの中に初対面の連れを同行する場合は、まず初めに連れの紹介をする。ファラウラもそのつもりでいた。それなのに、ラルジュが何も言わないせいでファラウラは自己紹介をするタイミングを失っていたのだ。

「あの、セールヴォランさん……」

ファラウラは迷った挙句、ラルジュの右手をそっと引っ張った。なぜかテーブルの下でしっかりと手を握られている為、そうするしかなかったのだ。紹介されないのであれば、出来るだけ早く自ら名乗らねばならない。

「ん？　あぁ、すみません、紹介するのを忘れていました。彼女はファラウラと言います。通称は真珠の魔女。以上です」

「い、以上って……！　――だけでは……！」

イヴェールが口元に手をやり、驚愕に目を見開く。ファラウラはその表情に一瞬首を傾げ、そしてすぐに同じような表情になった。

（セ、セールヴォランさん!?　一体どういうつもりなの!?）

イヴェールは恐らく『〝ファラウラ〟だけではどこの誰だかわからない』と言いたかったのだろう。けれど、封印された名前を口にする事は出来なかった。

それだけならこんなに驚かなかっただろう。ラルジュはファラウラを『魔女』だと説明したのだから。

問題は、その封印された名前をラルジュが呼んだ事なのだ。

「ラ、ラルジュ……あなた……」

紅水晶の瞳に、涙が盛り上がっていく。ファラウラは慌てた。

だが当のラルジュは顔色も変えない。

「話の前に申し上げておきます。ドロール副団長、この度はご婚約おめでとうございます。別にお二人の邪魔をするつもりはないです。そもそも理由がありませんから」

狼狽えるファラウラを余所に、ラルジュは淡々と言葉を紡いでいく。

「わ、わたくしは失礼致しますわ。お仕事のお話に、わたくしは関係ございませんもの！」

それだけを言い放ち、イヴェールは逃げるようにその場を離れていった。

その様子を横目で見ていた団長カルムは苦い顔で溜め息を吐いた。

副団長リマスは射殺しそうな視線でラルジュを睨みつけている。

ただ一人、フォリーだけは愛想笑いを崩さないままだった。

◇

「では本題に入ります。今回、我々機装騎士は隣国リートとの北国境付近に大量発生した魔獣の討伐と調査に向かいました。魔獣の討伐はさほど苦労せずに終わりましたが、いざ調査に移ろうとした時に予想外の事態が起こりました」

「予想外の事態？」

「はい。別の魔獣が突然襲って来たんです。腐爪熊と刃翼蟻喰、それと溶毛猿《ようもうざる》もいたと思います」

団長カルムの顔色がはっきりと変わった。

「……どれも、アシエには生息していない」

「はい。おまけに魔獣核を弄られていたようです。おかげで僕の部下が予想外の大怪我を負わされました」

「……それは、まさか」

ラルジュは大きく頷いた。

「二年前と同じ状況ですね」

——室内に、沈黙が満ちていく。しばらく続いた静寂を破ったのは、副団長リマスだった。

「そ、その事と聖騎士団に何の関係がある？　今回の件は機装騎士に直接任務が与えられたんだろう？　魔獣の事はともかく、大怪我をしたというのは単純にお前達の力量不足ではないのか？」

リマスは小馬鹿にしたように笑っている。その様子に、ファラウラは密かに不快感を抱いた。

「確かに今回の任務は、二年前とは違い機装騎士団に直接回って来ました。でもウチの団長夫人が問い合わせたところ、最初は聖騎士団に要請書を送ったが〝調査の結果機装騎士が適任という返信が聖騎士団側からあった。それで改めて機装騎士団に要請書を送った〟という回答が返って来たそうです」

——二年前とは逆の状況。けれど、起きた結果は同じ。そしてもう一つの共通点は、いずれの場にもラルジュ・セールヴォランがいた。

「ちょっと待て。それは本当か？　オレはそんな要請書など見ていないし、どんな任務であれ聖騎士団に来た仕事を機装騎士に回すなどという事はしないぞ？」

「わかっています。僕の尊敬する聖騎士カルム・ミルティユは絶対にそんな事はしない。しかし、団長夫人がきっちり確認をしてくれました。間違いありません」

ガタン、と音を立てリマスが立ち上がった。先ほどとは打って変わり、真っ青な顔になっている。

「な。何かの間違いに決まっている！　いくら機装騎士団長夫人が相手でも、我が王国軍の総務部がそうベラベラと内情を話す訳がないだろう！」

そう怒鳴られても、ラルジュは怯む素振りを見せない。それどころか微かに笑みを浮かべてさえいた。

「でしょうね。でも僕は夫人の問い合わせ先が王国軍の総務部だなんて、一言も言ってないですけど？」

「はぁ!?　何を言っているんだ、お前は！　我らに来る任務要請書は、全て総務部からだろう！」

「その総務部に要請したのは誰でしょうか？　聖騎士団に話が来るという事は、多少の魔法を必要としていた訳ですよね？」

リマスの視線が一点で止まり、そしてゆるゆるとファラウラに向けられた。その顔色は、今や紙のように白くなっている。

「機装騎士の……団長夫人は……」

「えぇ、魔女です。夫人が問い合わせしたのは魔導協会なんですよ。何事も上官の言葉一つで黒や白が決まる軍とは違い、魔導協会には書類に誰がサインをしたのか、まで細かい記録が残っています。それと僕達が襲われる前、ピエスドールで聖騎士の目撃情報が得られている。これ以上はもう、言う必要もないと思いますが」

リマスはがくりと膝をついた。カルムの顔は怒りに歪んでいる。一人ヘラヘラとしていた青年フォリーも、強張った顔をしていた。

「……リマス・ドロール。お前には詳しい話を聞かせて貰う。残念だがイヴェールとの婚約は破棄だ。聖騎士の資格についても、厳しい処分が下ると思え」

「は、はい……」

項垂れる男に侮蔑の視線を向けた後、カルムはラルジュに向かって深く頭を下げた。

「二年前も今回も、全てオレの責任だ。お前には何と謝罪をして良いかわからないが、マルトー団長には後日、正式に謝罪に伺うと伝えてくれ」

「わかりました。伝えておきます」

カルムは頷き、そっと目を閉じた。

「……二年前、オレは娘からお前に無理やり婚約を破棄されたと涙ながらに報告を受けた。そしてそれを真に受けた。だが、それもまた事実とは違ったのだろうな。オレは何一つわかっていなかった。娘の事も、リマスの事も」

ラルジュは首を横に振った。

「俺は貴方の真っ直ぐなところを今でも尊敬しています。血の繋がった娘を信じるのは当然ですし、ドロール副団長も貴族だからその地位にいた訳じゃない。副団長には、ちゃんと相応しい実力がありました」

どこか吹っ切れたように言いながら、ラルジュはファラウラの手を握ったまま立ち上がった。

「では、僕達はこれで失礼します。それから僕に対する謝罪は結構です。確かに失ったものは大きかったですが、それ以上に得るものがありましたから」

「……そうか」

――裏切られ、傷ついた彼が手に入れた、心安らぐ大切な場所が機装騎士団なのだ。

手を引かれ、共に歩きながらファラウラは温かな気持ちに包まれていた。

◇

屋敷を出た後、ラルジュはひたすら無言で歩いていた。ファラウラも何も言わず、黙って共に歩く。踏みしめる石畳はしっとりと濡れていた。どうやら、屋内にいる間に雨が降っていたらしい。

「……ありがとうございました」

不意に呟かれた言葉に、ファラウラは目をぱちくりとさせた。

「ええと、私はお礼を言われるような事はしていませんけど？」

「いいえ。貴女がいてくれるだけで良かったんです。ですから、ありがとうございます」

「あ、はい、どういたしまして……」

(なるほど、そういう事だったのね)

ファラウラは一人納得をしていた。自分は護衛だったのだ。確かに、よりにもよって聖騎士団の副団長が事件に関与していたとなれば、万が一を考えれば魔女のファラウラが側にいた方が安心だ。むしろ魔法を使うような羽目にならなくて本当に良かったと思う。

(イヴェール様の事は、私の考えすぎだったんだわ)

イヴェール本人はともかく、ラルジュの方は元婚約者に対して何も思うところはないようだった。

彼女の気を引きたくてファラウラを同行したというのは、今思えば思い込みが激し過ぎたような気がする。そう思った瞬間、ファラウラの胸がドクリと動いた。

ラルジュの胸の中にイヴェールがすでにいないのだとしたら、彼がファラウラを利用する意味なんてどこにもない。そうなると、これまでのラルジュの態度や発言の意味が一気に変わって来るような気がする。

——もちろん、気のせいかもしれない。けれど、もしかしたら。

「あの、セールヴォランさん――」

「ちょっと待って！」

ファラウラの声がラルジュに届く寸前。後方からラルジュを呼び止める声がした。

二人で同時に振り返る。息を切らせて走って来たのは、フォリー・ヴィペールだった。

「フォリー？　どうした？」

「あのさ、ちょっと話があるんだ。そんなに時間はかからないけど、出来ればお前と二人で話がしたい」

そう言うフォリーにじっと見つめられ、ファラウラは慌てて繋がれていた手を離した。

「あの！　セールヴォランさん、私の事はお気になさらないで。私はホウキで帰りますので」

「いえ、魔導二輪の所で待っていてください。僕はすぐに戻りますから」

「で、でも……」

「すぐ戻るって言ってるでしょ。絶対、勝手に帰らないでくださいね」

「……はい」

魔導二輪は天馬の厩舎近くに停めてある。ファラウラは仕方なく、一人で先に歩き出した。二人の話は気になるが、踏み込んではいけないという事くらいわかっている。

「それにしても、今日は疲れちゃったな……」

五分だけ待とう。疲労を理由に一言告げて帰るならば、さすがに怒りはしないだろう。

ファラウラは大きく溜め息を吐きながら、ひとまず魔導二輪の停車場所へと向かった。

◇

ラルジュは、追って来た元同僚に訝しげな視線を向けた。

「で？　なんだよ、話って」

「なぁ、ラルジュ。お前はそれで良いの？」

フォリーは呆れたように肩を竦めている。

「どういう意味だよ」

「副団長だよ。なんでもっと怒らなかった？　あの人があんな事をしたのはお前を妬んでいたからだ。イヴェール嬢の婚約者の立場を奪われた、だからお前を狙った。そんな下らない事で大勢の人間が傷ついたんだぜ？」

辛子色の瞳が、ラルジュを咎めるような目で見ている。ラルジュは思わず、くすりと笑った。

「……何、笑ってるんだよ」

「いや、俺も同じような事言ったな、と思って」

「誰に？」

その問いには答えず、ただ右手を上げて見せた。先ほどまでずっと、ファラウラと繋いでいた鋼鉄の右手。

「……あぁ、そういう事。お前、呼んでいたもんな、あの魔女の名前を」

フォリーはファラウラの去った方向に目を向けた。

「特別なんだな、彼女の事。イヴェール嬢の時と比べるとお前の顔つきがまったく違う」

「……イヴェールの事だって愛していたよ。向こうはそうじゃなかったみたいだけどな」

「そりゃそうだろ」

元同僚の呆れたような物言いに、ラルジュはムッとした顔をする。

「なんだよ、それ。お前に何がわかるんだよ」

「愛してたってのはわかるよ？　お前はちゃんと、イヴェール嬢だけを一途に見ていた。けど、俺にはそんなお前が妹を溺愛している兄貴にしか見えなかったな。イヴェール嬢もその事に薄々気づいていたんじゃない？」

「い、妹を溺愛って……」

そんな事はない。そう言いたいのに、なぜか言葉が出て来ない。

――そうだ。わかっていた。多分、最初から。

イヴェールを愛しく思っているのは確かなのに、どんなに身体を密着させても性的興奮はしなかった。

圧倒的な庇護欲は感じていたが、抱きたいとは一度も思わなかった。

だから理不尽に婚約を破棄されても、深く傷つきはしたものの絶望をする事はなかったのだろう。

もし、同じ事をファラウラにされたら。

一瞬、頭に過ったその事を慌てて脳内から振り払う。

考えただけで頭がおかしくなりそうだった。

「……そうかもしれないな」

「もっと早くその事に気づいていたら、お前は今も聖騎士だったかもね」

聖騎士の自分。今はもう、あの頃の自分は思い出せない。

「で、さっきの話に戻るけど。俺は個人的に、軍の監察部に報告すべきだと思うよ？　団長、珍しく怒っていたから相当厳しい処分になると思うけど、監察部に報告まではしないと思うんだ。まぁ二年前は死人が出ているからね。報告した場合、最悪処刑される可能性がある訳だけど」

その可能性は考えていた。だからあえて判断を団長に委ねたのだ。

「俺の考えは変わらない。二年前の件はミルティユ団長の判断に任せる。それから今回の事に関してはウチの団長が決めた事に従う。改造魔獣の件は魔導協会の判断を仰ぐ。以上」

「はぁ、やっぱりそうか。ま、お前はそういうヤツだよね」

「……言っとくが、別に怒ってない訳じゃない。ただ、副団長は手足を吹っ飛ばされた部下を見て笑うような人じゃなかった。俺があの人を変えてしまったのかも、ってそう思っただけだ」

フォリーは両手をあげ大袈裟に肩を竦めた。そして顎を微かに背後へ向け、視線を一瞬だけ動かした。

「ところで彼女の事はどうするつもり？」

ラルジュはフォリーの微細な動きを瞬時に追った。フォリーが顎を向けた先には、たった今出て来た屋敷がある。そして動いた視線の方向にはイヴェールの部屋があった。

「……どうもしないよ。これまで通りだ」

「はは、冷たいなぁ」

まるで舞台俳優のように、やれやれ、と額に手を当てる元同僚にラルジュは冷めた眼差しを向けた。

「別に冷たくはないだろ。俺は彼女に対して、なんの気持ちもないんだから」

そう言い、ラルジュはフォリーに背を向けた。その背に、再び声がかけられる。

「……ラルジュ。お前さぁ、もう少し人の悪意ってものを知った方が良いよ」

その言葉に反応する事なく、天馬の厩舎に向かって足を早める。

待たせているファラウラを、一刻も早く抱き締めてやりたかった。

＊＊＊＊＊

ファラウラは全速力で駆けていた。

たった今、耳にしたラルジュの言葉が頭の中をグルグルと回っている。

――言いつけ通り、一人で魔導二輪の所に戻りしばらくは大人しく待っていた。

天馬の厩舎をこっそり覗いてみたりもしたけれど、通常の馬と異なる作りの厩舎では眠る天馬の全身を見る事は出来なかった。

待とうと決めた五分はとっくに過ぎている。身体だって冷えてきた。

元同僚と話が弾んでいるなら仕方がないが、とりあえず先に帰る事だけは伝えておこう、と思った。

話し込む二人の所に近寄ろうとした時、聖騎士フォリーの言葉が耳に入った。

『彼女の事をどうするつもり？』

自分の事を話しているのだ、と瞬時に悟った。

あの青年は団長令嬢の事を『イヴェール嬢』と呼んでいるからだ。

そこで思わず足を止めてしまった。

盗み聞きをするなどはしたない、と思う気持ちはあったが、ラルジュの気持ちを聞いてみたいという欲求に逆らえなかった。

――けれど今、ファウラはその愚かな行為の報いを受けている。

『これまで通りだ。俺は彼女に対して、なんの気持ちもない』

誤解しようのない、決定的なラルジュの言葉。それはどんなに鋭い刃よりも、ファラウラの心をざっくりと切り裂いた。

「馬鹿、馬鹿、私の馬鹿……！」

元婚約者に対して気がないからと言って、それがファラウラを好きだという理由になんかならない。そんな簡単な事にも気づかないで、なぜ期待などしてしまったのだろう。

「好きだって、言われてもいないクセに……！」

両目から、涙がボロボロと零れていく。大粒の涙で霞む目に、ラルジュの魔導二輪が見えた。飛びつくように駆け寄り、震える手で縛りつけられているホウキを外そうと試みる。

「うぅ、やだ、外れない……」

しゃくりあげながら泣いているせいで上手く紐を外す事ができない。

だがようやく紐をほどいた時、背後から軍用長靴が石畳を踏みしめるカツカツという音が聞こえた。

「すみません、お待たせしました」

低く掠れたラルジュの声。息はまったく切れていないが、足音でわかった。どうやら走って戻って来てくれたらしい。

「……いいえ、お疲れ様でした」

ファラウラは背を向けたまま、ホウキを掴んでゆっくりと立ち上がった。

「どうしました？　あぁ、紐が緩んでいたんですか？　貸してください。括り直しますから」

「……紐が緩んでいたのではありません。私が外しました。ごめんなさい、少し気分が悪くなってしまったので、飛んで帰ろうと思います」

こんな時にも上手く嘘がつけない。そんな自分に苛立ちながらファラウラは顔を上げられないでいた。

「熱は⁉」

「……ありません」

「本当に？　貴女は色々と我慢しようとするから信用ならないな。ほら、こっちを向いて。顔を見せてください」

伸ばされた手の気配を感じた瞬間、ファラウラはホウキに飛び乗り素早く宙に浮いた。巻いていたストールで顔を隠しながら、ラルジュの手が届かないギリギリの高さまで飛び上がる。

「何をしているんです？　早く降りてください。怒りますよ？」

例えどれだけ怒られても、今降りる事は絶対に出来ない。

「平気です。多分、魔力回路の不調だと思います。こういう時はあまり他人と接触しない方が良いの。……魔法使いではない貴方には、わからないでしょうけど」

ラルジュが息を呑んだ気配がした。途端に胸が、罪悪感に締めつけられる。

「……わかりました。では僕が地上で先導しますから、貴女は上からついて来てください。いくら空からって言ったって、こんなに暗いと屋敷の場所がわからないでしょ」

「ありがとう、ございます」

本当は残して来た真珠の気配を探ればわかる。けれど、気づくとファラウラはその申し出に頷いていた。

「屋敷に着いたら、すぐにちゃんと休んでください。良いですか？」

「はい。あの、おやすみなさい、セールヴォランさん」

「……なんで今、言うんですか？」

それには答えず、ファラウラは空中高くに舞い上がった。

心臓が、激しい鼓動を刻んでいる。こちらを見上げているラルジュの顔が、寂しそうな表情を浮かべているように思えたからだ。

(ううん、そんなはずはないわ)

――それはきっと、愚かな願望が見せた、都合の良い幻。

＊＊＊＊＊

翌日、ファラウラは鏡に映る自分を無言で見つめていた。

鏡の中には、苺色の髪をぐしゃぐしゃにして両目を真っ赤に腫らした、見るも無惨な顔の女がいる。

「……ひどい顔」

――昨夜は一人、夜空を飛んでこの屋敷に帰りついた。地上を走る魔導二輪のヘッドライトがずっと視界に入ってはいたが、そちらを見る事なく真っ直ぐに前を向いて飛んだ。

屋敷に到着しても、地上に降りる事なく二階の窓から屋内に入った。

ラルジュは当然ファラウラが降りて来るものと思っていたらしい。呼び止める声が聞こえたが、ファラウラは聞こえないフリをした。

罪悪感はなかった。元々そうするつもりだったし、だからこそあの場で「おやすみなさい」と挨拶をきちんとしておいたのだ。

そして部屋に入るやいなや、服を脱ぎ浴室に飛び込んだ。熱いお湯を頭から浴びながら大声で泣き、風呂から出た後もベッドでまた泣いた。

ファラウラは腫れた目元にそっと触れてみた。指でなぞる度に、肌がピリピリとした痛みを伝えて来る。

「魔女様、お加減はいかがですかー？」

控えめなノックと共に、部屋の外から心配そうな声がした。

「ええ、お薬を塗ったから大丈夫です」

泣き疲れて眠り、目覚めると昼過ぎだった。腫れた目を擦りながら階下へ降りて行くと、ちょうど帰ってきたプリムと鉢合わせしたのだ。

『きゃあぁぁ！　そのお顔、一体どうなさったんですか⁉』

仰天したプリムの悲鳴に動揺しつつ、疲れるといつもこうなるのだと言い張ってその場をしのいだ。

「魔女様、軽食をお持ちしましたのでお部屋に入ってもよろしいですか？」

「はい、どうぞ」

数秒の後、部屋の扉が開けられた。途端に甘い香りが鼻先に漂う。

「パンケーキを焼いてみたんです。疲れた時には甘いものが一番ですから」

「わぁ、嬉しい！」

皿の上には、黄金色のバターが乗ったふわふわのパンケーキが二枚あった。

雪のように真っ白なクリームと琥珀《こはく》色の楓蜜も添えられ、ファラウラの心を一瞬で甘く温めてくれた。

「プリムさん、こちらにいらして良かったのですか？　恋人さんがせっかく早くお戻りになったのに。それに、入院なさっているのでしょう？　私よりも恋人さんのお側にいらした方が……」

「いえ、大丈夫です。リュシオルは軽症だったので入院はしていないんですよ。彼から魔女様が早めにお戻りになったって聞いたから、急いで来ちゃいました」

プリムは屈託なく笑いながら、冷たい布でファラウラの目元を冷やしてくれた。

「ありがとうございます。でも、そう長くご迷惑はおかけしないと思うの。今回の件で機装騎士団は忙しくなるでしょう？　そうなるとダムアも団長さんを支えていかないといけないし、私、明後日くらいにはアシエを出国しようと思って」

「え……？」

目元を押さえていたプリムの手がピタリと止まった。

「いや、あの、でも魔女様、来月の頭には聖騎士団との交流試合があるんですよ？　観戦しないいんですか？　二年に一回の開催なのに、前回は聖騎士団に色々あったので中止になったんです。一般客は有料ですけど、魔女様は関係者枠で入れますから」

――交流試合。美しい天馬を駆り、繊細な魔法を使う聖騎士と黒鋼の魔導二輪に乗り武骨な武器を使う機装騎士の戦い。確かに、興味はある。

「……そうですね。聖騎士と機装騎士が共に在る場面なんてそうそう見られないし、せっかくだから観戦してからにしようかしら」

「はい！　ウフフ、後ですね、交流試合にはもう一つ楽しい事があるんですよ？」

「楽しい事？」

柔らかなパンケーキを口に運びながら、ファラウラは首を傾げた。

「はい。魔女様、ちょっと目を閉じていてください。もう少し冷やしますから」

冷たい布が、両目全体を覆う。ファラウラの腫れた両瞼を優しく押さえながら、プリムは楽しげに話し始めた。

「交流試合は両陣営から六名ずつ選んで一対一で戦うんです。で、勝った方が自分の恋人や配偶者に贈り物を渡して愛の言葉を伝えるんです。ね？　楽しいでしょ？」

布の下、ファラウラは思わず両目を見開いた。贈り物に、愛の言葉。今の自分には縁がなさすぎる代物だ。

「……素敵ね」

かろうじてそれだけ応え、ファラウラはグッと目元に力をいれた。布で覆われていて良かった。新たな涙が浮かんで来た事を、プリムに知られなくて済む。

「でしょう？　愛の言葉はそれぞれ自由なんですけど、贈り物は決まっているんです。機装騎士は魔獣討伐が多いからかなんなのかわからないですけど、魔獣の核《コア》を削り出して作った装飾品を贈るんです」

プリムの声は嬉しそうだ。おそらく、彼女の恋人はその六名の中に選ばれているのだろう。

「私、リュシオルとつき合って三年になるんです。二年前も彼は選ばれていたのに、中止になっちゃってすごく残念でした」

ファラウラはぎこちなく頷いた。プリムは単純に仕事で手に入るものだから、と考えている。だが、彼らの義肢装具の動力は魔獣の核だ。その核にわざわざ手を加えて愛する人に贈る。それにはきっと大きな意味があるに違いない。

（でも、私には関係のない事だわ）

そんな事を聞いてしまったら、ますます気分が落ち込んでしまう。ラルジュは誰に贈るのだろう。あの令嬢だろうか。少なくとも、自分ではない事だけは確かだ。

それがファラウラの胸に棘となり、ぐさりと深く、突き刺さった。

「せ、聖騎士の方々は何を贈られるの？」

乱れる心を抑え込み、ファラウラは必死に話を変える。

「聖騎士は自分の天馬のたてがみとか羽根、尻尾の毛で作ったブローチを渡すみたいです」

「自分の天馬……」

そう言えば、今さらだがラルジュの天馬はどうなったのだろう。

元婚約者の事すら話してくれたのに、かつての愛馬については一度も話を聞いていない。その事に今、気がついた。

「あの、セールヴォランさんの天馬はどうなさったの？」

「うーん、なんか今も一緒みたいな事を、リュシオルが言っていた気がするんですけど」

「え……？」

愛馬と今も一緒にいる？　けれどアシエに来てから一度も、ファラウラはラルジュが天馬と共にいるところなど見た事はない。

「どこで？　騎士団の寮？　ご実家？」

「いえ、そうではないと思います。だって二年前、墜落した副団長の天馬は助からなかったそうですから」

ファラウラは言葉を失った。その両目から、布がそっと外された。

「良かった。腫れ、引きましたよ」

「ありがとうございます」

先ほどよりも視界がはっきりとしている。けれど、心は曇ったままだ。

「プリムさん。私、やっぱり――」

「そうだ！　副団長から魔女様に伝言があったんだ！　やだ、私ったらリュシオルに念を押されていたのに、すっかり忘れてた！」

プリムが突然大声を出し、ファラウラはびくりと身を震わせた。

「あの、明後日の早朝に副団長が迎えに来るそうです。今回の件で色々忙しいみたいなんですけど、それでも一日だけお休みが取れたんですって。良かったですね、魔女様！」

「いえ、私は、その……！」

ファラウラは困ってしまった。先ほどまでは、最後の思い出に彼が戦う姿を目に焼きつけておこうと思った。だが贈り物云々を聞いてしまっては、これ以上アシエに滞在するのは辛い。

「魔女様、副団長とお出かけする日のお洋服は私が選んで差し上げますね！　こんな事もあろうかと、一緒にお買い物へ行った時に色々と選んでおいたんですから！」

「あ、ありがとうございます……」

結局、ファラウラはただ頷く事しか出来なかった。

＊＊＊＊＊

ラルジュ・セールヴォランはイライラとしながら書類に万年筆を走らせていた。

二年前の事件に一応の決着をつける事が出来たと思ったら、ファラウラがいきなり身体の不調を訴えて来た。魔力回路がどうのと言うから、仕方なく一人で帰らせた。

「……だからって地上に降りても来ないってなんだよ」

ファラウラを屋敷まで先導した後、彼女はこちらを見向きもせずに窓から直接中に入っていった。

呼び止める声に耳も貸さないその姿は、心身の不調があるとわかっていても心を不安にさせてくれた。

「ま、一日でも休みが取れて良かったと思うしかないな」

——数日はまとまった休みが取れると思っていたのに、実際は休むどころではなかった。軍部に提出する報告書に、魔導協会へ提出する改造魔獣討伐についての承認申請書。申請書に記入する部隊編成も組まなければいけないし、武器も補充しないといけない。その合間で、交流試合に向けての訓練も行わなければならないのだ。

明後日にはカルム・ミルティユ聖騎士団長がここへ謝罪に訪れる。その時ラルジュはいなくて良いと、団長ノワゼットに言われた。

『おそらく聖騎士側は交流試合の中止を申し出て来ると思う。けど、そこは開催を強行させて貰うよ。今後は二度と、機装騎士をナメないようにボコボコにしておかないと』

いつも穏やかに微笑んでいる団長のらしからぬ言葉遣いに、ラルジュ以下騎士達は全員、顔を引き攣らせた。

『ま、本当は別の理由だけどね？　俺だってミルハに贈り物をするのを楽しみにしているんだから。前回に続いて今回まで中止とかあり得ないでしょ』

仲間は全員、大きく頷いていた。もちろん、自分もそのつもりでいる。

ファラウラからは、アシエに二ヶ月ほど滞在すると聞いた。

だが団長夫人には、住居にしている灯台の修復にかかる半年を利用し色々な国を旅行して回ると言っていたらしい。

どちらにしても、一度モジャウハラートに帰国する事は止められない。

ならば、残りの期間はずっとアシエに留まって貰おう。旅行なら、その内二人で行けば良いのだから。

「さぁ、何を贈るか。ピアスは嫌がりそうだし、ネックレスもこの前みたいに失くす可能性がある。ここは指輪が無難か？」

ラルジュは己の右肩にそっと手を触れた。交流試合で勝利した者が愛する人に捧げる贈り物。機装騎士は魔獣核を使う装身具を贈る。女性陣は仕事で手に入れた核の余りだと思っているようだが、実際は少し違う。

義肢装具の動力になっている魔獣核。その『異性核』で作った装身具を贈っているのだ。例えば、リュシオルの動力核は機導鋼術局の管理部が独自のルートで入手した刃翼蟻喰の雌核になる。

だからこの前、雄の蟻喰を見かけたリュシオルは強引に核を獲りに行った。

その時の必死な気持ちがよく分かるからこそ、自分は命令違反を咎めなかったのだ。

結局、リュシオルは核の調達を機導鋼術部に依頼した。

「俺の方は、間に合うかどうか微妙なところなんだよな……」

ラルジュの動力核である『銅哭鍬形』は極東の国『炎陽《えんよう》』固有の魔獣になる。雄型の核は急いで発注してあるが、交流試合までに間に合うかどうかわからない。

間に合わなかったその時は、彼女の象徴である真珠を贈る。そして心からの言葉を伝えるつもりだ。

「貴女を愛している」と。

＊＊＊＊＊

一方的にさせられた約束の日が来た。

ファラウラは客間でラルジュの迎えを待っていた。現在時刻は朝の十時。

プリムは先ほどから何度も玄関を出たり入ったりしている。

「プリムさん、少し座ってお休みになったら？」

「いいえ、大丈夫です。もう、副団長ったら女性を待たせるなんて……！」

憤慨するプリムに、ファラウラは苦笑する。そもそも、ラルジュは迎えに来る時間を明確にしていない。

「せっかく早起きして魔女様をより可愛くしたのに」

その言葉の通り、ファラウラは早朝五時に叩き起こされた。迎えの時間も定かではないし元より気が進まない。だからのんびりと朝の身支度をするつもりだったのに、気がつくと小一時間ほど姿見の前に立たされていた。

「それにしても、本当にお似合いですよ、魔女様！」

「あ、ありがとう。でもやっぱり、ちょっと恥ずかしいわ……」

――今日のファラウラは、肩と二の腕の部分が大胆に開いた柔らかな象牙《ぞうげ》色のブラウスに、ふわりと広がった薄紫のスカートを着ている。

細かいプリーツの入ったスカートはギリギリ膝が隠れるほどの長さで、普段は足首近くまで丈のあるスカートしか履かないファラウラにはかなり勇気を必要とするものだった。

「魔女様は足がすごく綺麗ですから、もっと見せびらかさないと！　このスカートは丈こそ短くないですけど、軽い素材なので歩く度に裾が少し広がるんです。露骨に足を出すより綺麗に見えますからね、安心してください！」

安心どころか、不安しかない。服装もだが、今日はプリムの勧めで苺色の髪を緑色のリボンでポニーテールに結んでいる。耳には夜会に出席する時くらいにしかつけない大粒の真珠のイヤリングが揺れ、とにかくいつもとまったく違う恰好なのだ。

「これで副団長に文句なんて言わせないですからね！」

プリムはふふん、と誇らしげに鼻を鳴らしている。その様子に思わず吹き出したところで、玄関のドアノックが鳴る音が聞こえた。

◇

ファラウラは緊張に身体を硬くしていた。玄関から、プリムとラルジュが何事か話をしている声が漏れ聞こえて来る。

やがて、二人が客間に歩いて来る足音が聞こえた。

「すみません、お待たせしまし――」

立ち上がって出迎えたファラウラの前で、ラルジュは目を大きく見開いたまま足と言葉を止めた。その背後では、プリムがなぜか満足げに頷いている。

「おはようございます、セールヴォランさん」

「……おはよう、ございます」

――ラルジュは駱駝色《キャメル》のロングコートに白いシャツ、洗いざらしたような不思議な青色のズボンに黒のブーツという服装だった。薄手のコートのポケットに片手を突っ込んで立つその姿は、ピアスだらけの耳とのギャップも相成り、シンプルな服装ながら思わず溜め息が出そうなほど格好良い。

（やだ……すごく素敵……）

見惚れるファラウラの目の前に、ラルジュが進み出て来る。そして開いていた目をすっと細め、ファラウラの全身に無遠慮な視線を走らせた。

その視線に、あまり良い感情は含まれていない。ファラウラは冷水を浴びたかのように一気に我に返った。来る。この男の毒舌が。

「へ、変ではないと思うのですが。プリムさんが、選んでくださったので……」

言った後、ファラウラは即座に後悔をした。これではプリムに責任を押しつける形になってしまう。

「あ、あの！　でも私も、今までした事のない服装も良いかなと思って――」

「……着替えて貰って良いですか」

「え？」

ファラウラは目をぱちくりとさせた。着替える？　なぜ？

「……ったく、プリムの言いなりにならないでくださいよ。貴女には自分ってものがないんですか？　大体、腕を出す必要がどこにあるんです？　それから髪は下ろした方が良いですよ。イヤリングを引っかけて落としたりしたら、困るのは貴女でしょ？」

予想していた以上の強い言葉に、ファラウラは驚き何も言う事が出来ない。

「ちょ、ちょっと副団長⁉」

得意げな顔をしていたプリムが顔色を変え、ラルジュに食ってかかるのが見えた。

だが、ラルジュはそんなプリムを気にも留めない。

「……宝石魔法使いは宝石がないと魔法が使えない。それなのに、〝真珠の魔女〟なんて名乗っていたら真珠が弱点だと周囲にバレバレじゃないですか。どうしてもそう名乗りたいなら、早くいつも通りに髪を下ろして真珠を隠すべきだと思いますが」

ファラウラは耳元で揺れる真珠にそっと指を触れた。

そういえば、何年か前に『金剛石《ダイヤモンド》の魔術師』が暴漢に襲われ、身に着けていたダイヤの装身具を奪われたせいで大怪我を負わされたという事件があった。

「セールヴォランさんのおっしゃる通りだわ、早く髪を下ろさなくちゃ――」

慌てて髪を縛るリボンに手をかけた時、制止の声がかかった。

「待って！　魔女様、ちょっと待ってください！」

見ると、プリムがラルジュを押しのけファラウラとの間に立ち塞がった。

「いくら恋人の上司でも黙っていられないわ！　副団長、恥ずかしくないんですか⁉」

「……何が？」

「何が？　じゃないです！　魔女様が可愛すぎて心配になったのはわかりますけど、言い方！　ほら、魔女様が思いっきり納得しちゃってるじゃないですか！」

プリムは腰に両手をあて、長身のラルジュを見上げるようにして怒鳴っている。

「本人が納得しているんなら構わないだろ」

「構う！　構うに決まってるでしょ⁉　大体、副団長が魔女様に服装が地味だの何だの言うから！　だから最新の流行を押さえつつ、魔女様の魅力を最大限に引き出す服装にしたんです！　文句なんか言わせませんからね⁉」

「僕は地味なんて言ってない」

「言った！　ううん、言った以上に言った！」

ぎゃあぎゃあと揉める二人を止めるタイミングがわからず、ファラウラは一人小さく溜め息を吐いた。よくわからないが、どうやらこの服装が似合わない訳ではないらしい。

「はぁ、終わるまで待っていようかしら」

ファラウラは椅子に座り、ひとまず二人の争いが終わるのを待つ事にした。

けれど早起きの影響が出たのか、いつの間にか眠ってしまったらしい。

気づくと、ラルジュに肩を揺すられていた。

「ん、もう終わりました……？」

ラルジュは苦笑いを浮かべながら、ファラウラに向かって手を差し出して来る。

「終わった、というか終わらせました」

プリムはいつの間にかいなくなっている。差し出された手に手を伸ばしながら、ファラウラは首を振り、髪を軽く揺らしてみせた。

「待ってセールヴォランさん。まだ髪を直していないから……」

「もうそのままで良いです。けど、外に出たら今みたいに髪を揺らして見せたりしないでください。それから、絶対に僕から離れないように。わかりました？」

意味がわからないが、とりあえず頷いておく。

しかし今日はイヤリングしかつけていない。そうなると、先ほどのラルジュの助言がやはり気にかかる。

「はい。でもやっぱり、真珠は隠した方が良いのではないかと思うのですが」

「僕が一緒にいるんですから、危ない目に遇う訳がないじゃないですか。僕の事が信用できないんですか？」

「いいえ、そんな事は……」

——言っている事がさっきと違う。

だがその事について詳しく考える間もなく、半ば引きずられるようにして玄関へと向かった。

◇

魔導二輪に乗り、一時間ほどかけて到着したのは山奥の開けた場所にある巨大な滝だった。

「水晶の滝《クリスタル・カスカード》！　ここには絶対に来たいと思っていたの！」

この水晶が所々から突き出す岩山から大量の水を落とす巨大滝は、国外にもその名を轟《とどろ》かせている有名な滝なのだ。アシエに来る前、観光に行こうと思って場所をしっかりと調べていた。

「あんまりはしゃがないでください。滑りますよ？　ほら、僕に摑まって」

ファラウラは躊躇う事なく、大人しく手を繋いだ。滝を前に気分が高揚しているというのもあるかもしれない。

「すごい水の量！　見てセールヴォランさん、水飛沫《しぶき》がキラキラ光って綺麗！　空から見たらもっと綺麗だわ！　あーあ、ホウキを持ってくれば良かった」

「残念ですが、滝の周辺は飛行禁止区域です。聖騎士ですら、見回りの時はいちいち届けを出すんですから」

にべもなく言われ、ファラウラは頰を膨らませた。国の決まりなら仕方はないが、滝は空から見る方が好きなのだ。

（……空）

ふと思った。聖騎士時代は、ラルジュも空からこの滝を眺めたのだろうか。

愛馬と、一緒に。

「あの、セールヴォランさん」

「ん？　何ですか？」

「その、聖騎士時代の、セールヴォランさんの天馬は、今……」

——その時、握られていた手に微かに力が籠るのを感じた。迂闊に踏み込んでしまった、と焦ってみても、今さら言葉は取り消せない。

「あぁ、彼なら今も一緒にいますよ」

ラルジュはさらりと言う。けれどプリムの話では、ラルジュの天馬は亡くなっているはずだ。ファラウラはどう言ったものかと、しばし反応に迷う。

「……僕の天馬は、墜落をした時にはもう瀕死の重傷でした。僕はみっともなく呻き声をあげるだけで、何もしてやれなかった。けれど、彼は最後まで僕を守ろうとしてくれました。折れた翼を必死に動かして、僕に治癒術をかけ続けてくれた」

思いがけない内容に、ファラウラは驚きラルジュの顔を見上げた。

天馬は神獣だ。知能も高く、固有の治癒魔法も持っている。ラルジュを放置し、自らに治癒をかければ助かったかもしれない。けれど天馬は彼を守る事を選んだ。

「彼は今、僕の武器の核になっています。専用武器は義肢装具に使っている魔獣核の天敵にあたる魔獣核を使うんですが、僕の銅哭鍬形は高位の魔獣です。天敵なんかほとんどいない。けれど、魔獣と神獣は種族相性が悪い。だから彼の神獣核を武器に使いました。僕は二年前、いや聖騎士になってから今に至るまでずっと、彼と一緒にいるんですよ」

ラルジュの武器。青白い光を放つレールガン。あの強力な武器は、そのまま人と天馬の絆の強さでもあったのだ。

「……お話してくださって、ありがとうございます」

「別に、貴女に聞かれたら何でも答えてあげますよ。ただし、動力や武器核に関しては以前も言ったように極秘ですからね？　プリム辺りにペラペラ喋らないでくださいい」

ファラウラはラルジュの言い草にくすりと笑った。プリムはその辺りの事を何も知らなかった。恋人であるあの美しい機装騎士は、きちんと機密を守り彼女に何も話していないのだ。

「大丈夫、心配なさらないで。私、セールヴォランさんみたいにお喋りじゃないもの」

「はぁ？　僕のどこがお喋りだって言うんですか」

本気で憤慨しているらしいラルジュに向かい、ファラウラは柔らかい笑みを浮かべた。

傷ついた心が、ゆっくりと癒えていくような気がする。

それに、ラルジュから愛情は得られなかった代わりにどうやら信頼は得ていたらしい。

その事が、本当に嬉しかった。

（……貴方を好きになって良かった）

ファラウラは今、心からそう思っていた。

◇

水晶の滝の後は、古代の要塞跡に向かった。小高い丘の上にそびえ立つ巨大な壁。

この要塞は、二年もの籠城戦に耐えたという逸話を持っている。ここも旅行前にチェックしておいた場所だ。

滝を後にする時「どこか行きたい所はありますか」と聞かれたファラウラは、迷う事なくこの要塞『ミュール・ウォール』の名をあげた。

「わぁ、すごい眺め！」

展望台からの景色は素晴らしいものだった。遠くの水平線までよく見える。

「あの小さく見えるのは灯台かしら。私の住んでいる灯台とまったく違うわ。あーあ、写真機《カメラ》を持ってくれば良かった」

周囲には大勢の観光客がいる。そのほとんどが手に写真機を持ち、思い思いの写真を撮っていた。

「そうだ！　セールヴォランさん、ここは飛行可能ですか？」

「……可能ですけど、そうやってすぐに飛ぼうとしないでくださいよ」

楽しそうなファラウラと違い、ラルジュはどこか不機嫌そうに壁に寄りかかっている。不貞腐れた顔をしていても、その立ち姿は惚れ惚れするほど格好良い。事実、周囲にいる観光客の女性が何人か、チラチラとラルジュに視線を送っている。

（さすがに、はしゃぎ過ぎたかしら）

この要塞は徒歩でしか入れない。だから魔導二輪は丘の下に停めてある。

そこから二十分ほどかけて要塞の正門まで登り、そのまま一時間近く歩いて展望台までやって来た。もしかしたら、休む事なく歩き続けたせいで疲れたのかもしれない。

「ごめんなさいセールヴォランさん。お疲れなのでしょ？　少し休みますか？」

「……人をおっさん扱いするのは止めて貰えますか？　僕はまだ二十八ですし、貴女よりも鍛えているんですけど」

「い、いえ、そういうつもりでは……」

言い訳をしながら、ファラウラはラルジュの顔をマジマジと見つめた。

よく考えたら、年齢を聞くのは初めてだ。二十八歳という事は、兄のライムーンの一つ上になる。

「……何ですか？」

「あ、いえ、兄の一つ上なんだなぁって」

「貴女は団長夫人の先輩で、夫人は確か二十一。三つ上の学年だと聞きましたから、貴方は今二十四歳。そろそろ招待する側にまわりたいですよね」

意味不明な言葉に対し何と答えて良いのかわからず、とりあえず曖昧な笑みを浮かべてごまかした。だが心の中は困惑に満ちている。

「交流試合には絶対に来てくださいね。向こうに副団長がいない今、僕の対戦相手はフォリーだと思います。なかなか手強いとは思いますが、負ける事はないので安心してください」

「は、はい……ひゃっ⁉」

いきなり抱き寄せられたかと思うと、うなじに強く吸いつかれた。思わず悲鳴を上げ、そして即座に口元を押さえる。ここには、他にもたくさんの人がいるのだ。

「……こっちに来て」

腰に腕を回され、展望台の隅《すみ》に連れて行かれた。元々大砲の設置場所だった展望台には、古代の大砲の複製《レプリカ》があちこちにある。その砲台の陰に引っ張り込まれ、噛みつくように唇を奪われた。驚き抵抗を試みるも、口の中を縦横無尽に動き回る舌に次第に翻弄されていく。腰と後頭部にがっちりと手を回され、逃げる事も出来ない。

「ん、んんっ……！」

息が上手く吸えず、苦しさのあまり男の背中をパシパシと叩く。ようやく解放された時には、息はすっかりあがり両目には涙が浮かんでいた。

「キスがなかなか上手くならないですね。俺をその気にさせるのは上手なのに」

ラルジュはそう意地悪く囁きながら、目尻の涙を吸う。次の瞬間、ファラウラは身体をビクンと跳ねさせた。腰に回されていたはずの手がいつの間にかスカートの中に忍び込んでいる。

「やっ！　だめ、そんな所触らないで……！」

「ダメじゃないでしょ、キスしただけでこんなにトロトロにしておいて」

指先がくすぐるように太腿を滑り、するりと下着の中に滑り込んだ。

そのまま、蜜を垂らす穴の中に指が潜り込んで行く。

「あっあっ！　や、いやっ！」

「痛い？　それとも嫌？」

「い、痛くないです、けど、人が……！」

そこではっきり『嫌』と言えない自分に自己嫌悪を覚えながらも、懸命に手を押し返し抵抗をする。だが、男の身体はびくともしない。

「大丈夫ですよ、ほら」

ラルジュは唇の端に笑みを浮かべたまま、横方向を顎で指し示す。ファラウラはその方向に、おずおずと顔を向けた。

「きゃっ⁉　う、嘘……！」

——巨大な大砲は全部で六台あった。その全ての陰で、男女が激しい口づけを交わしている。中にはあからさまな腰の動きを見せている者もいた。

「別に、外でするのなんてアシエでは珍しくないですけど。恋人を抱きたいって思った時に物陰があったらセックスするでしょ、普通」

「ふ、普通って言われても……！」

少なくとも自分にとっては普通ではない。そしてそもそも、自分達は恋人同士でもなんでもないのだ。

「あ、待って、ひぁぁっ……！」

割れ目に差し込まれた長い指が、粘着質な音を立てながら無遠慮に動いて行く。人間の指にしては硬すぎるそれは、義手である右手なのだとすぐにわかる。

「あ、んんっ！　やっ、いやっ！」

「安心してください。ここでは最後までしませんから。本当はしたいですけど、さすがに嫌われてまでするつもりはないんで。ほら、足を上げてください。下着を脱がせてあげますから。ん、そう、上手。じゃあ次は口を開けて、舌も出して」

気づくと、ファラウラは目の前の男に両手でしっかりとしがみついていた。

リボンで縛った苺色の髪ごと左手で頭部を抱きかかえられながら、溢れる唾液ごと舌を吸い上げられていく。

「んぅぅっ、んんっ、ん――っ！」

硬い指にゴリゴリと膣襞を抉られる内に、下半身全体がガクガクと痙攣し始めた。

「イキそう？　可愛くお願い出来たら、イカせてあげますけど」

「あっあっ、いやっ、あうぅっ」

「嫌なら仕方ないですね、ここで止めます。えぇと、それなら次はどの場所を見に行きたいですか？」

ファラウラは信じられない、という思いを込めて男を睨みつけた。こんな状態で放り出されて、はいそうですか、と次の観光地になど行ける訳がない。

「い、いじわる……！」

「意地悪なのは貴女でしょ。俺好みの服装で、エロいうなじを見せびらかしていたクセに。ここまで我慢しただけでも褒めてくださいよ」

「み、見せびらかしてなんか、んぁぁっ！」

「指でイカされるのが嫌？　だったら俺で気持ち良くなる？」

「だめっ……！」

快楽で蕩けた頭でも、それだけは駄目だと理性が訴えて来る。

もちろん今でもファラウラの倫理観的にはあり得ない事をしている。だが、さすがに外で身体を繋げる勇気はない。

「俺のモノを突っ込んでくださいって言ってくれれば、嫌ってくらい気持ち良くしてあげるのに」

ぼんやりと靄《もや》のかかった頭で、ファラウラは一生懸命に考えた。外でするのは絶対に嫌。恥ずかしい言葉も言いたくはない。ただ、そんな事よりもっと考えなければいけない事がある。

（どうして、セールヴォランさんは、私を、抱こうとするの……？）

──ファラウラは弱々しく唇を噛んだ。結局こうなるのだ。好きだから抱かれたい。意味なく抱かれると悲しい。それでも良い。それでは嫌だ。そんな堂々巡りから抜け出せない自分が、どうにも腹立たしくて仕方がない。

（私の馬鹿……。どうして、こんなにも彼の事が好きなの……？）

処女を捧げた男だからだろうか。それはよく聞く話ではあるけれど、自分の場合は少し違う気がする。

それは憧れや無垢な美しさなど欠片もない、多分もっと愚かな心《もの》だ。

「外が嫌なら俺の家に行きます？　指でイカせて、って言えたらそうしてあげても良いですけど」

ファラウラは渋々と頷いた。そこまでして恥ずかしい言葉を言わせたいのなら、望みどおりにしてやろう。けれど言わされるばかりでは不公平だ。だったら、ラルジュにもこちらが望む言葉を言って貰う。

「言う、言いますから……その前に、貴方も……っ」

「ん？　なんですか？」

指で内部を強く擦られ、ファラウラは全身をビクビクと跳ねさせた。

「あっあっ、んんっ……はぁ、い、言って……」

「何を？」

「う、嘘でも良いから……っ、私の事、好きって、言って……」

激しく動いていた指がピタリと止まった。ファラウラは一抹の希望を持って黒と青の瞳を見つめる。だが発せられた言葉に、ファラウラの背筋は瞬時にして凍りついた。

「……なんで嘘なんか言わないといけないんですか」

心底不思議そうなその目つきに、ファラウラは数秒前の自分を全力で殴りたい衝動に駆られた。なぜこんな事を口走ってしまったのだろう。

「ご、ごめ、ごめんなさ……！」

「別に謝る必要はないですけど、なんで今さらそんな事を？」

ファラウラは震えながら、今しがたの発言をなかった事にするかのように、首をぶんぶんと振った。

「な、なんでもないから、ごめんなさい、続けて……」

ラルジュはいきなり、体内から指を引き抜いた。そして濡れた黒鋼の指をじっと見つめたあと、それをペロリと舐め上げた。

「ど、どうして止めちゃうの……？」

「貴女がいきなり意味不明な事を言うからですよ。発熱の前兆かもしれないし、心配なので今日はもう帰りましょう」

「え、でも……」

「心配しなくても、熱がないのを確認したら後でちゃんと気持ち良くしてあげますから。その前に、やる事をやっておかないと」

ラルジュはいきなり跪《ひざまず》き、着ていたコートをばさりと脱いだ。そのコートを、涙目で震えるファラウラに手渡す。

「襟をちゃんと持って隠して。でないと僕に恥ずかしい事をされているのが周りにバレてしまいますよ？」

「は、恥ずかしい事って……？」

だがラルジュは答えない。仕方なく、ファラウラは言われるがままコートの襟を摑み、己の足元に跪くラルジュの姿を隠した。ラルジュは満足そうに頷きながら、いきなりファラウラの片足を持ち上げた。

「え!?　ちょっと、何するの……!?」

「貴女の可愛い所、今すごい事になってるから僕が舐めて綺麗にしてあげます」

「舐めっ……⁉　いえいえ！　大丈夫です！　ま、待ってっ！」

逃げようとしたが一足遅く、濡れたままの秘部にざらついた舌が触れた。思わず声が出そうになるが、コートを摑んでいるせいで口元を押さえられない。ファラウラは下唇を嚙み、次々と襲い来る舌の刺激に懸命に耐えた。

「んっんっ！　んぅぅっ！」

──コートの内側では整った顔の男が額に汗を滲ませ、まるで姫君に尽くす騎士のように傅いている。だが、その動きはどこまでも妖しく淫猥《いんわい》なものだ。目を閉じても、溢れる蜜を舐めすする音がいつまでも聞こえてくる。

「ひっ⁉　あぁぁっ！」

急に陰核を指で潰され、強い刺激に背筋を反らせた。次の瞬間、足元にぱたぱたと蜜がこぼれる。もう、これ以上は立っていられない。

ファラウラはコートから手を離し、代わりに乱れた黒髪を両手で強く摑んだ。

「……どうしたんですか？　やっぱり欲しくなりました？」

「あ、ほ、欲しい、です……っ」

「何が欲しい？　指？　それとも舌？」

上目遣いで見上げながら、色っぽく囁かれた瞬間。ファラウラの理性は粉々に砕け散った。

「セールヴォランさんの、が、欲しい……！」

数秒の後、骨が軋むほど強く抱き締められながら、身体の中心を硬いもので一気に穿たれた。

「んん――っ！」

目が眩みそうなほどの快楽が全身を駆け抜ける。それと同時に、ある一つの強い思いが沸き上がって来た。ファラウラは迷う事なく、その思いを口にする。

「好き、好き、セールヴォランさん、大好き……！」

「知ってる、よ」

激しく揺さぶられる合間に聞こえる、掠れた低い声。

知られていたこの想いを、受け止めて貰えないのは素直に悲しい。

けれど、今はただ、この仮初の幸せに浸っていたかった。

＊＊＊＊＊

ファラウラは干したての真っ白なシーツを見つめていた。

太陽の光をたっぷりと浴び、風にたなびく様子を眺めるのは嫌いではない。

けれど、理解不能な現状のせいでその光景を素直に受け止める事が出来ないでいる。

「……どうして私、セールヴォランさんのお家にいるのかしら」

そしてなぜ自分は、シーツを洗濯して干して、取れてしまったシャツのボタンを四苦八苦しながら付けたりなんかしているのだろうか。

――ファラウラは十日ほど前、ラルジュに連れられて観光に出かけた。行きたかった場所に行けて、素直に喜んでいられたのも束の間だった。

二ヶ所目の要塞跡地で、物陰に隠れていたとはいえ他人が大勢いる場所で身体を繋げるという大胆な事をしてしまった。とはいえ、最終的に求めたのはファラウラの方だ。持ち合わせていた倫理観は恋心に容易く流され、背徳感と罪悪感を背負ったまま、夢中になって行為に耽った。その後、途中で気を失ったのか単に記憶がないだけなのか定かではない。気づくと、ラルジュの家でベッドに横たえられていた。

そしてファラウラが意識を取り戻した事に気づいたラルジュは、容赦なくファラウラに覆い被さって来た。

そして今日に至るまで、ファラウラは宿にしていた屋敷に一度も帰っていない。

「荷物は全部プリムさんが持って来てくれたけど……。どうしてこんな事になっているのかしら……」

ファラウラはボタンをつけ直したシャツを見た。その出来はひどいもので、やり直すべく糸切り鋏を再びその手に掴む。

「ボタンつけなんてやった事ないのに……」

裁縫もだが、ファラウラは料理も得意ではない。ラルジュに普段の食生活を聞かれた時のやり取りを思い出すと、頭が痛くなってくる。

『水洗いして千切った野菜とゆで卵とパン？　たまに買ってきたハムを乗せるくらい？いや、女性なのに料理が出来ないのか、とか言うつもりはないですよ？　貴女はお嬢様だし、ご実家には料理人がいるでしょうから。けど今は独り暮らしですよね？　自分で自分の食生活を豊かにしようとは思わないんですか？』

——機装騎士は基本的に寮に住んでいるが、団長と副団長は別宅に住む事が出来ると言う。聞くと、ラルジュは副団長に昇進してから一年足らずで料理の腕を随分と磨いたらしい。

『僕も料理は出来ませんでしたけど、仕事の合間に料理教室に通いました』

ファラウラは驚きのあまり声も出せなかった。アシエ人は食にうるさい、というのは世界的にも有名だけれど、まさかここまで意識が高いとは思いも寄らなかった。

『素晴らしいです。あの、ところで私はいつ帰れるのでしょう……』

『交流試合まで僕は物凄く忙しいので、貴女のお相手をしてあげられなくなったんです。でも放っておくと碌な食事をしないでしょ』

ファラウラは音が出る勢いで首を横に振った。食事面の心配はありがたいが、未婚の男女が一つ屋根の下にいる事の方がファラウラには問題なのだ。

『あの、お気遣いなく。私はお屋敷に戻ります。せっかくダムアが借りてくれたのだし、プリムさんがいらっしゃるのでその、食生活的なものは……』

『食事なら僕が作りますよ。それに、プリムも試合に備えてリュシオルの世話をしたいと思います。二人の邪魔をする気ですか？』

——そう言われ、結局何も言えなくなってしまい今日に至る。

「これで良いかしら……」

もう何度目になるかわからない、ボタンのつけ直しを繰り返したシャツを持ち上げてみた。相変わらず縫い目はひどいものだが、これ以上は集中力が続かない。

「気に入らないのなら後は自分でやって貰えば良いわよね」

ボタンをつけ終わったシャツを置き、両手を上にあげて背筋を伸ばした。途端に、腰骨に鈍い痛みが走る。ファラウラはゆっくりと両手を下ろし、腰を撫でさすった。

謎の同居生活が始まって以来、朝と夜の食事は宣言通りラルジュが作ってくれている。ファラウラはちょっとした掃除とこうした雑用。後は、毎晩のようにベッドで抱かれるくらいしかしていない。

「忙しいって言っていたクセに……やっぱり魔法使いと違って体力があるのね……」

とは言え、基本的には一度の行為で解放して貰える。もちろん体力のないファラウラは十分に疲れてしまうのだが、ラルジュはファラウラの身体を綺麗にし、その後で書類仕事をする余裕すら持っていた。

ふと振り返ってみると、アシエに来てから本当に色々な経験をしている気がする。

初めての恋。初めての嫉妬。初めての性行為。初めての失恋。そして。

——初めての、都合の良い女。

とは言え、この状況を受け入れているのはファラウラ自身だ。本当に嫌なら、魔法を使って抵抗すれば良いだけの話なのだから。

「はぁ、私の馬鹿……」

この言葉も、もう何度呟いた事だろう。そう溜め息を吐いたところで、壁掛け時計が音で時刻を伝えて来た。時計を見ると、現在時刻は夕方の四時。ラルジュが帰って来るまであと二時間に迫っている。一つのボタンを付けるのに、どうやら一時間半もかかっていたらしい。それでも、二時間後にはラルジュに会えると思うと、心が一気に浮き立っていく。

「……好きになった方が負け、ってこういう事なのね」

妙な位置についているシャツのボタンを見つめながら、ファラウラはしみじみと呟いていた。

◇

ラルジュ・セールヴォランは誰もいない詰め所の中で、一人頭を抱えていた。

部屋の中には夕日が差し込んでいる。本来ならばとっくに帰っている時間だが、ラルジュは椅子から立ち上がる事が出来ないでいた。机の上には、開いたままの手紙が置いてある。

──今朝早くに届いたこの手紙は、極東の国炎陽からだった。それは「銅哭鍬形の雄核が手に入らない為に送る事が出来ない」というものだったが、それに関してはすでに機導鋼術局の管理部から電話を貰っていた。

この結果は想定内だった。銅哭鍬形は雄雌問わず非常に入手が困難な魔獣なのだ。高位な上に固有種。雄は高い戦闘能力を持つし、雌はその雄が死にもの狂いになって守る為、必然的に両者の核は手に入りにくい。

だから手紙を見ても「炎陽人は律義だな」くらいにしか思わなかった。

ただし、一つだけ気になる箇所があった。

それは冒頭の部分。ラルジュの事を『マドモアゼル・セールヴォラン』と書いている。

当然だが、ラルジュは女性ではない。

普通に考えれば、ただの間違いだと思うだろう。だが、なぜかそれに強烈な違和感を覚えた。その違和感がどうにも拭えず、仕事が終わった後で幻獣管理局の炎陽支部に国際電話をかける事にした。

──そこで驚愕の事実を知った。これを知らなかった方が良かったとは思わない。

絶対に知るべき事実だったと思う。だがその代わりに、信じていたものが崩れていく喪失と悲しみ、新たな疑念と痛みを手に入れる事になった。

ラルジュは顔の右側を押さえた。そこには、醜く爛れた傷痕がある。

治癒術を交えた高度な顔の再建術のおかげで、自分自身ですら直視出来なかった顔の傷は刺青で隠せる所まで回復した。

　両の目を閉じると、問い合わせた先の管理局職員が流暢なアシエ語であげた驚きの声が鮮明に蘇って来る。

『装身具でしたら、二年前に義肢装具の動力用に送った雄核の破片が使えるのでは？　当局に破片は送り返されていないので、アシエの機導鋼術局に保管されていると思います。……え？　ラルジュ・セールヴォランさんは男性なのですか？　いいえ、送ったのは雌型ではなく雄型の核です』

　──魔獣の核を使用する場合は使用者と反対の性になる核を使うのが一般的だ。その方が馴染みも良いし、魔獣の性質によっては肉体が拒否反応を起こし重篤な後遺症を残す場合がある。

『銅哭鍬形は鏡鳴兜《きょうめいかぶと》と共に、我が炎陽で最も強力な魔獣です。縄張り意識が極端に強く非常に獰猛で、雄同士のいざこざが絶えない。セールヴォラン氏はご無事だったのですか？』

　こうして命がある以上、無事と言えば無事なのかもしれない。だが右腕に魔獣核を埋め込んだ時の事は、思い出すだけで手が震える。生きたまま、自身の顔の右半分がゆっくりと腐り落ちていくあの感覚。一生忘れる事など出来ない。

『なるほど、ご本人様でしたか。お話を聞く限りだと、右目を失っていたのが幸いしたのかもしれません。荒れ狂う雄核のエネルギーが眼窩から上手く発散されたのでしょう。それに、天馬の治癒術を受けていたのも良かった。もしその二つの要因がなかったら、貴方の右半身は吹き飛び即死していたと思います』

管理局の職員は、なぜこんな事になったのか、と困惑していた。

そしてひとしきり書類を漁る音や何事かを他の人間に話しかける声が聞こえたあと、職員は再び電話口に現れた。

『魔獣核の発送を申請した書類が見つかりましたが、やはりラルジュ・セールヴォランさんは女性と書いてあります。そしてアシエに発送したのは銅哭鍬形の雄核に間違いありません。固有種の場合、核のみで雌雄を判別するのは他国人には難しいですし、異性核でも拒絶反応を起こす方はごく稀《まれ》にいらっしゃいます。ですから、そちらの技術者の方が気づかれなかったのも無理はないかと……』

ただ、と職員はつけ加えた。

『書類はきちんと封筒に入り、封蠟にはアシエ聖騎士団の紋章が押されていました。各国の幻獣管理局には各種団体の正式な紋章が登録されています。ですから、偽造はあり得ません。でも本当に不思議です。ほとんど未記入で出される事が多い備考欄には〝貴国で最も強力な魔獣の核を希望する〟とはっきり書いてあるのに肝心な団員の性別を間違うなんて……』

――ラルジュは顔から手を離し、ゆっくりと立ち上がった。

どのくらい考え込んでいたのだろう。部屋の中はすでに薄暗くなっていた。時計の針は、八時前を指している。

「しまった、ファラウラ……！」

ラルジュは慌てて帰り支度を始めた。彼女はきっと、律義に待っているに違いない。

急いで停車場に向かって歩きながら、あの苺色の髪と柔らかな笑顔を思う。そして抱き締めた時の甘い香り。それらを思い出すだけで、新たに負った心の痛みも和らいでいく気がした。

『書類の申請者の名前ですか？　ええと、〝リマス・ドロール〟となっています。はい。それだけです』

三日後に迫った交流試合。ここで、ようやく全てを終わらせる事が出来る。

# 第六章　空に響くは、決別の鐘

交流試合の朝。

ファラウラはラルジュと共に朝食の席に着いていた。

「セールヴォランさん、本当にそっちで良いの……？」

――ラルジュの目の前には、雑に千切られた生野菜や黄身が紫になったゆで卵がボロボロとはみ出した、哀れな姿のパンが置いてある。

それは、なぜか昨晩いきなり「明日の朝食は貴女が作って貰えませんか？」とラルジュに言われ、ファラウラが早朝四時に起きて必死になりながら作ったものだ。

作った、といってもパンを半分に割り、千切った生野菜とゆで卵を挟んだだけのものだが、一つ作るのに一時間以上の時間がかかった。

「こっちで良いです。それにしても、これまでゆで卵をスライスする事すらしてなかったんですね。殻を剝いてそのまま食べていたんですか？」

「はい……」

正確には、殻を剝く事すらほとんどない。ゆで卵を殻が剝けるほどの硬さになるよう上手くゆでる事が出来ないからだ。今日は、三倍の時間をかけてゆでた。

いつもは半熟にすらなっていない卵の上部を叩き割り、スプーンで掬って食べている。

「まさかと思いますが、何もつけずに食べているとか？」

「そ、そんな事ありません！　お塩はちゃんと振っています！」

ラルジュは肩を竦めながら、『哀れなパン』に齧りついた。ファラウラはその光景をしばし見つめたあと、自分の目の前に置かれた皿に目線を向ける。

皿の上には、綺麗に両断されたパンが乗っていた。ゆで卵もラルジュのものとは比べ物にならないほど美しくスライスされている。

「とりあえず今後、包丁は使えるようにしておいた方が良いですよ？　それにしても、まさか極小の風魔法でパンと卵を切るなんて想像もしていませんでした」

「だって、せっかくだから綺麗なものをお出ししたくて……」

――バターをたっぷり使ったパンは包丁で切りにくかった。ゆで卵は上手く切る自信がなく、最初ならば、と手で引き裂いたらボロボロになった。

からフォークで潰した。

だが、ふと思い立ち手の平サイズの真空の刃を生み出しそこにパンを近づけてみた。

そうすると驚くほど簡単に、そして綺麗にパンが切れた。卵も同じだった。

これなら文句ないだろうと自信満々で皿を出したのに、ラルジュはなぜか最初に作ったぐしゃぐしゃのパンの方を渡せと言って来たのだ。

「何をぼんやりとしているんですか？」

「……え？」

顔を上げると、呆れたような表情を浮かべたラルジュと目が合った。

ラルジュの皿は、いつの間にか空になっている。自分のパンをぼんやりと見つめながらやり取りを思い返している内に、結構な時間が経っていたらしい。

「あ、ご、ごめんなさい……！　今、お茶を淹《い》れますから……！」

「いえ、もう時間なので。貴女はまだゆっくりしてくれて良いですけど、食事はきちんと済ませてくださいね？　試合は十時からですが、僕の出番は恐らく昼過ぎになるかと思います。そのくらいに来てくれれば大丈夫ですよ」

ファラウラはこくりと頷いた。昼過ぎよりはもっと早く行けるとは思う。

だが今日は試合を観戦した後、そのままヴァイツェンへ旅立つ予定なのだ。

お土産は飛空挺の切符を買いに行くついでに買っておいたけれど、それらを実家に送る手配や荷物の整理もしなくてはならない。

「じゃあ僕は行きます。ご存じでしょうけど、王宮周辺は飛行禁止ですからね？　禁止区域に張ってある結界に引っかかると問答無用であの世行きになります。禁止区域の範囲は日によって変わるし、その日の結界担当にしか知らされません。ですから、絶対に飛ばないでください」

その辺りの規則は本国でも似たようなものだ。交流試合の会場が王宮の敷地内にある中央訓練場だと聞いた時から、公共の交通機関を使って向かうつもりだった。

「はい、わかりました」

――素直に頷くファラウラの頬に、黒鋼の右手が触れた。

同時に、整った顔がゆっくり近づいて来る。ファラウラは反射的に目を閉じた。

昨夜はこの家に来て初めて、身体を繋げる事なくただ抱き締められて眠った。

だからきっと、噛みつくような口づけが降って来るはずだ。

「……？」

だが、いつになっても唇は落ちて来ない。

たまらず目を開けた途端、頬に熱い唇が押しつけられた。唇はすぐに離れていく。

ファラウラは一抹の寂しさを覚えながら、ラルジュの顔を上目遣いに見つめた。

「……そんな顔をしないでください。今キスすると色々と困るのでしないだけです。それと、試合が終わった後で大事な話がありますから勝手にどこかへ行ったりしないでくださいね」

「大事な話、ですか……？」

大事な話とはなんだろう。自分は今日アシエから出国する予定なのに。

「あの、そのお話って長いお話なのでしょうか」

「……は？　まぁ、すぐ終わると言えば終わりますけどなんでそんな事気にするんです？」

ラルジュは面食らったような顔をしている。ファラウラは迷った。

ここで「飛空挺の出発時間があるので手短にお願い出来ますか」などと言っても良いのだろうか。

もちろん黙って出て行く気はなかった。試合が終わった後、ちゃんと一声かけてから立ち去るつもりだった。

けれど〝大切な話〟というのがどのような話かわからない以上「時間が無いので出来るだけ簡潔に話して貰えませんか」というのは何となく失礼な気がする。

「……いえ、なんでもありません。交流試合、頑張ってくださいね、セールヴォランさん」

――出かけるラルジュを見送った後、ファラウラはそっと胸を押さえた。何だか妙に気が急いている。早く準備をして、急いで会場に向かおう。

そう思いながら、駆け出すように家の中に戻った。

胸の内に何かが激しく渦巻いている。それが『期待』と呼ばれるものである事に、ファラウラはまだ気づいてはいなかった。

＊＊＊＊＊

「まずは聖騎士へ。天馬が空中にいられるのは五分間。五分経ったら一度地に足をつける。武器は剣か槍。防具は軽鎧と手甲のみ。魔法は使用不可」

――ルールの斉唱に、聖騎士団長カルム・ミルティユが重々しく頷く。

「次に機装騎士。武器は剣、槍、斧、専用武器の内から選択。専用装具を選んだ場合の武器は長剣か短剣のみ。防具は装備不可」

——同じく、機装騎士団長ノワゼット・マルトーがゆっくりと頷く。

互いにルールの確認が終わった。あと少しで、機装騎士と聖騎士の交流試合が始まる。

観覧席の最上段にはアシエ国王夫妻が座り、そのすぐ下には貴族や大手商会の人々も顔を揃えている。

いずれの席も前列には若い娘達が大挙して押し寄せ、目を輝かせながら騎士達に熱い視線や黄色い声援を送っていた。

「相変わらず、聖騎士の人気はすごいなぁ」

「見栄えは敵わないからね。ボクの姉さんなんて聖騎士側の観覧席に座ってるんだよ？ボクの関係者枠で来てるっていうのにさぁ」

「あぁ、変な男に引っかかってばかりの姉さんか」

「そうそう」

軽口を叩き合う部下達に目を向ける事もなく、機装騎士副団長ラルジュ・セールヴォランはただ静かにその光景を眺めていた。

初めての交流試合の雰囲気に、心が浮き立つ感覚はない。

——魔導二輪で地上を走り、高い火力を叩き出す機装騎士と、神獣である天馬に騎乗し、大空を優雅に駆け、魔法すら使用可能な聖騎士。

これまで両者は互いのプライドをぶつけ合って来た。それは交流試合が開催されるようになってからも変わらなかった。けれど二年前の惨劇も今回も、両者の意思疎通が普段からしっかりと出来ていれば防げた部分もあるのだ。

互いを尊重し合う関係にならなければ、きっとこれからも同じような事が起こらないとも限らない。

ラルジュは黒鋼の右手を見つめ、そしてその手で胸元のポケットを押さえた。

◇

交流試合は二戦目に突入していた。初戦は聖騎士が勝利している。

二番手に戦う、機装騎士アレニエ・トワルの剣が空を斬った。

躱した聖騎士は上空に飛び、槍を構えたままアレニエを見下ろしている。

アレニエが持つ剣は、本人の体躯に比較するとかなり短い。

「クソッ！　また逃げられた！　せっかく俊敏性を重視したのに……！」

悔しそうなアレニエとは異なり、天馬に乗った聖騎士は十分に取った距離に余裕の笑みを浮かべていた。だが、見守る機装騎士側は誰も焦ってはいない。

「お、アレニエのくせに珍しく頭を使ってる」

「本当だ。気合い入ってるなぁ。どうしたんだ、アイツ。下手な演技までして」

仲間達の『親愛なる揶揄』に後押しされるかのように、アレニエ専用装具である車輪状の義足がギュルギュルと音を立てながら煙をあげる。

「聖騎士が空中に留まれる時間は五分。それを踏まえての距離なんだろうけど、焦ったフリをしているアレニエの思うツボだな。身体の大きなアレニエがわざわざ短めな剣を使っている意味にも気づいてない」

肘をついて見ているリュシオルの言葉通り、規定の時間を過ぎた為に一度降下した聖騎士の元に、車輪を全開にしたアレニエが白煙をあげて急接近する。

「うわっ⁉」

予想外のスピードで迫って来られて驚いたのか、聖騎士は大きくバランスを崩した。

「おらぁっ！」

アレニエは振りかぶった剣を全力で振り下ろす。防ぐ間もなく、軽鎧へまともに攻撃を受けた聖騎士は天馬から叩き落されていた。

「……っしゃあ！」

剣を高々と掲げ勝利の雄叫びをあげるアレニエに、場内から若い女性達の黄色い声が降り注ぐ。そのアレニエは車輪をゆっくりと走らせながら、端の方で工具を持って控えていた義装具整備士の元へと向かった。

整備士は、アレニエを笑顔で出迎えている。

「アレニエさん、お疲れ様です！　すごいですね、倍速になるよう車輪の回転数を上げたのに、まったく――」

「フォルミ！　あたしと結婚してくれ！」

「え、え？」

　――整備士の背丈はアレニエより頭一つ低い。そしてアレニエの半分ほどしかない華奢な体格をした若者は、きょとんとした顔でアレニエを見つめている。

「うっそぉ⁉　アレニエって、フォルミの事好きだったの⁉　誰か知ってた？」

「知る訳ないだろ、だってアレニエだぜ⁉」

　仲間内から上がる、悲鳴のような驚きの声。アレニエは失礼なそれらに見向きもせず、整備士の前で車輪を滑らせ綺麗に跪いた。そして、軍服の胸元から橙色の光を放つ腕輪をそっと取り出す。

「機装騎士アレニエ・トワルはフォルミ・セーヴを愛しています。どうかこれを受け取ってください」

「ア、アレニエさん……！」

　生白い肌の若者は、頬を紅色に染め感極まったように口元を押さえている。

　やがて固唾を飲んで見守る観客の前で、はにかんだように微笑みながら差し出された腕輪を嬉しそうに受け取った。

「よ、よろしくお願いします……」

「やったぁ！　見たかお前ら！　あたしの旦那だぞ！　フォルミ、絶対に後悔させないからね！　あたしがアンタを、世界で一番幸せな男にしてやるから！」

――大柄でがっちりとした筋肉質。一見すると男性に見えるアレニエが、ほっそりと儚げではあるもののしっかりと男性の骨格を持った若者を姫抱きにして場内を走り回っている。

その光景は、一部の女性陣を大いに歓喜させていた。

◇

「ここまで二勝。後は副団長と団長だから、四勝二敗でこっちの勝ちですね」

観覧席のプリムは、並んで座るファラウラとダムアに笑顔を向けた。

――シンプルなワンピースを身に纏った彼女の身体には、何の装身具も付いていない。

三戦目はアレニエに続き勝利を収めた。次に現れたのは、三席の地位にあるプリムの恋人リュシオル・アベイユだった。

聖騎士側は現在副団長がいない為、対戦相手には四番手にあたる者が来る。

三席のリュシオルとは明確な実力差があり、誰もが勝利を信じて疑わなかった。

だが、結果的にリュシオルは負けた。

「……魔女様が副団長の家に移ってから、私も騎士寮に戻ったんです。けど何か嫌な予感はしていました。彼、とても焦っているみたいだったから」

ファラウラは騎士席に座る麗人にそっと目を向けた。女性と見まがう柔らかな美貌は強張り、蒼白な顔色になっている。周囲の機装騎士達も、声をかけかねている様子だった。

「……彼は細剣が得意だから、細剣を選ぶと思っていたのに」

「どういう事……？」

ファラウラの疑問に、ダムアが丁寧に答えていく。

「例年、専用武器を選択する人は少ないらしいんです。大きなものが多いから、戦闘はともかく試合には向かない。アレニエさんは特殊装具だし、あのすごい車輪を使いこなせる筋力があったから勝てたのだと思います」

――リュシオルは専用武器の回転機銃を装備していた。そして開始と同時に、聖騎士に向けて機銃を乱射する。

相手の聖騎士は弾丸の雨になす術もなく、ただ空中を逃げ回っていた。

だが五分経過し、地上に降りた瞬間に聖騎士は天馬から飛び降り、リュシオルに向かって猛ダッシュした。その勢いのままリュシオルの懐に飛び込み、短槍を振るった。

いくら魔導二輪に乗っていても、巨大な回転機銃を腕につけていては素早い回避行動が取れない。

『聖騎士は天馬から降りてはいけない、というルールはありません。いつもの騎士リュシオルであれば、それを利用した攻撃方法に思い至っていたでしょう。よほどプリム嬢に失望されたくなかったのですね。だから勝利に固執し、冷静さを欠いてしまった』

銀の仔猫がぽつりと呟く。仔猫の言葉がわからないプリムは、もちろん何も気づいていない。

「そろそろ私、ノワ君の所に行って来ますね」

肩に仔猫を乗せたまま、ダムアが素知らぬ風を装い立ち上がった。夫の元に向かおうとするその背中に、プリムが声をかける。

「奥様、リュシオルに伝えておいてください！　負けたくらいで私と別れられると思ったら、大間違いだって！」

「任せておいて！　落ちこむ暇があったら花束くらい買って来なさいって、伝えておくから！」

プリムに向かい、力強く手を振るダムアはすっかり機装騎士団長夫人の顔になっている。

「それでは先輩、また後で！　セールヴォラン副団長の事、しっかり応援してあげてくださいね？　そうそう、ノワ君が副団長にお休みあげるって言っていたから、旅行は二人で行けますよ！」

「……え？」

頼もしくなった後輩の顔を誇らしげに見つめていたファラウラは、その一言にひどく慌てた。観覧席に着いた時、合流した後輩ダムアに今日中にアシエを出国する事を伝え、これまでの礼を述べた。

ダムアは残念そうにしていたが、ラルジュとの関係について深く言及して来る事はなかった。

無邪気だが気配りに長けた後輩の事だ。二人の間に流れる複雑な空気を感じ取ってはいるけれど、あえて黙ってくれているのだと思っていた。

だが、どうやら違ったらしい。

「待って、私達はそういうのではなくて——」

『主、急ぎませんと。相手側の奥方様とご令嬢はもういらしておりますよ』

「わかってるわよ。じゃあ、行って来ます！」

銀の仔猫に急かされ、ファラウラの言葉を最後まで聞く事もなく後輩はバタバタと走り去って行く。

「あ、行っちゃった……」

「良かったですね、魔女様！　副団長、きっと張り切るだろうなー」

——この後、ダムアは団長夫人として色々と忙しいだろう。ゆっくりと話をしている時間はないが、国を出る事自体はきちんと説明してある。

ファラウラは溜め息を一つ吐き、嬉しそうな顔のプリムに向き直った。

プリムには早々に出国の事を伝えていたが、この様子だとプリムもダムアと同じように勘違いをしている可能性が高い。

「プリムさん、少し私の話を聞いて頂けますか？」

何だか告げ口をするようで気が引けるが、自分達は割り切った男女の関係だったのだという事を、ここではっきり伝えておいた方が良い。

◇

ラルジュ・セールヴォランは魔導二輪に跨ったまま、己の右手を見つめた。

そこには、先の尖った細長い二本の導体レールに挟まれた銃口を持つ、レールガンが装着されている。

「その武器、接近戦に向いてないよね？　それでも俺ごときになら勝てるって？」

向かい合う、対戦相手の聖騎士フォリー・ヴィペールの挑発的な言葉にラルジュは無言で右手を上げて応えた。

言われるまでもなく、この武器が接近戦には向いていない事など自分が一番良くわかっている。けれど、今日のこの戦いには絶対に『彼』を連れて来ると決めていた。

「……始める前に、お前に聞いておきたい事がある」

「んー？　何？」

――天馬の上からラルジュを見つめ、へらへらと笑うかつての同僚。その手には、円錐形の穂先を持つ巨大な突撃槍が握られている。

「……どうして俺を狙った？」

「え、なんの事？」

フォリーは笑みを崩さない。狼狽えるでもなく怒るでもないその姿に、真っ先に込み上げて来たのは怒りや絶望ではなく、悲しみだった。

「……もう良いよ、演技なんかしなくたって。二年前のあの時、墜落した俺の背後で笑っていたのはお前だよな？」

「なんでそう思うの？　だって俺達、親友だったじゃない」

悪びれる事ないその言葉に、ラルジュは寂しく笑った。親友『だった』。その部分に、フォリー・ヴィペールという男の全てが含まれている。

「お前がどうやって改造魔獣を煽動したのか、今はどうでも良い。試合が終わったらお前は軍に拘束される。その時に何もかも話してくれ。俺はただ、知りたいだけだ。なんで俺をそこまで憎む？　俺はお前に何かしたのか？」

「いいや？　お前は何もやってないよ？」

フォリーは薄く笑いながら、突撃槍を軽々持ち上げ肩をトントンと叩いている。

「ところで、なんで俺を疑うの？　お前が手足を失った時、義肢装具の動力用に強い魔獣核を手に入れてやってくれって、真っ先にドロール副団長へ頼んでやったのは俺なんだぜ？」

「……お前が俺の性別をわざと間違えて書いてくれたおかげで死にかけたけどな」

「へぇ、災難だったね。でも、俺を恨むのは筋違いじゃないかな。申請書を書いたのは副団長……じゃないか、元副団長なんだから」

ラルジュは首を横に振り、その言葉を即座に否定した。

「違う。申請書を書いたのはお前だ。俺が直接、炎陽の幻獣管理局に問い合わせたから間違いない」

「いやいや、誰がサインしたかちゃんと確認した？　俺の名前じゃなかったと思うよ？」

「もちろん確認した。申請者の欄に書いてあった名前はリマス・ドロールだった」

「……お前、言っている事が支離滅裂で怖いんだけど」

「怖い」と言いながら、フォリーは心底愉快そうに笑っている。

「ドロール副団長は貴族だ。だから書かない訳がないんだよ」

「……何を？」

「爵位を。礼状などには名前の横に必ず書く。ウチのマルトー団長は男爵位だけど、結婚式の招待状にはちゃんと爵位が書いてあった。あのプライドの高いドロール副団長が国外に出す書類に爵位なしのサインをするなんてあり得ない。ま、普段の書類には記名のみだったからな。お前には――」

ラルジュは一度言葉を切った。この先に言わんとする言葉を、本当は言いたくない。けれど、真実を明らかにする為にはこの男の仮面を強引に引き剝がす必要がある。

「……貴族じゃないお前には、わからなかったんだろうけど」

――トン、トン、と断続的に続いていた音が止んだ。

フォリーは肩に上げていた突撃槍を、ゆっくりと下に下ろしていく。

「……そういうトコなんだよなぁ」

ゆっくりと合わせて来た、辛子色の目。普段見せている明るい光は一切見当たらず、底の見えない暗さを帯びている。

「俺、お前の事がずっと嫌いだったよ。聖騎士ってさ、貴族か金持ちの坊っちゃんばっかりだろ？　庶民の俺が聖騎士団に入るには一般枠を摑むしかない。でも試験の申請書を取りに行ったら、受付のヤツにすっげぇ馬鹿にされた。悔しくて死に物狂いで努力して、貴族連中よりも一年早い十七歳で入団出来た。これで見返せるって思っていたら、セールヴォラン家のお坊ちゃんがたった十五歳で入団して来た。やっぱり庶民の努力なんてこの程度なんだなぁって思ったよ」

なかなか試合を始めようとしない二人に、周囲がざわついている。だが両陣営の団長は動かない。

「金持ちの家の一人息子で、何不自由なく暮らして来た上に顔も良い。周りの聖騎士達が誰も使えないすごい魔法が使える。それでも十分ムカつくのに、団長令嬢と婚約までされたら、もう許す訳にはいかないだろ？」

ラルジュはフォリーの背後、聖騎士側の席に目を向けた。

そこには、強張った顔に自責の念を浮かべたカルム・ミルティユ聖騎士団長と困惑の表情を浮かべた娘のイヴェールがいる。

「あ、勘違いするなよ？　あの性悪女との婚約が羨ましかったんじゃないからな？　あの女と結婚したら、次期団長はお前だろ？　お前の下で働くなんて死んでも嫌だったんだよね。だからお前に死んで貰おうと思った。あの女に横恋慕していた副団長を煽ったら、笑えるくらいに事が上手く進んだな。だから笑ったんだけどさ」

フォリーは突撃槍を再び持ち上げた。澱《よど》んだ辛子色の瞳が、真っ直ぐにラルジュを射ぬく。

「じゃ、そろそろ始めようか。観客も待ってるし、大事な魔女さんも見てるんだろ？　それにしても驚いたよ。あの魔女がまさか薔薇竜のお嬢様とはね」

――それを聞いた途端、血の気が引いていく音が聞こえた気がした。

「……彼女に何かしたら、殺すからな」

「せっかく右目と手足を奪って役立たずにしてやったのに、魔獣核の拒絶反応でも死なないし薔薇竜の娘を捕まえるし、お前って本当に運の良いヤツ。心配しなくて良いよ、さすがにあの家は敵に回せない。だから魔女には何もしてないよ。俺自身は、ね」

言い終わると同時に、天馬が羽ばたき聖騎士フォリーはふわりと宙に舞い上がった。

「わかってる？　これは戦闘じゃなくて試合だけど、俺にはもう失うものは何もないんだよ？」

向けられた突撃槍の先端を、ラルジュは無言で見つめ返した。

◇

ファラウラは震える両手を前で組み、必死で祈りを捧げていた。始まりこそ歓声に包まれていた中央訓練場には、今や悲鳴と怒号が飛び交っている。

「何なのよ、アイツ……！　嫌な攻撃して来るわね！」

プリムは観覧席から立ち上がり、怒りの声を上げている。

試合開始の鐘が鳴ると同時に、突撃槍を構えた聖騎士フォリーが空中から強襲して来た。ラルジュは片手で巧みに魔導二輪を操り、初撃は軽々と躱した。その後もラルジュの元同僚は、空に上がっては上空から突進する、という攻撃を繰り返し行って来た。

攻撃の際、天馬の脚を地上に一瞬つけている。そこから五分が新たに計測される為、この戦い方だと規定時間を超えて失格になる事はまずない。

「副団長、なんで防戦一方なの⁉　どうして専用武器なんか選んじゃったのよ！」

――専用武器を選んだ理由。それはリュシオルのように勝利を急いだ為とは思えない。

彼の腕に装着されている武器には亡くした愛馬が宿っている。その愛馬に、無様な負け方をさせるような真似は絶対にしないはずだ。

「セールヴォランさん……」

ラルジュの右半身の軍服は裂け、そこから血が滴り落ちている。相手の聖騎士は右腕のレールガンを執拗に狙って来ていた。防具を持たないラルジュは、槍の攻撃を右腕で受けるしかない。相手の聖騎士は、武器を破壊し打つ手を失くすつもりなのだ。

——試合が始まる直前、ラルジュと元同僚の聖騎士が何やら長い事話をしていた。

元同僚の男は楽しそうにしていたが、ラルジュの方はそうではなかった。

そのどこか悲しそうな表情が気になり、ファラウラはラルジュの義眼に使われている蒼玉から彼の感情を読み取ろうとした。

けれど、止めた。それは失礼だと思ったのだ。だから気になって仕方がないくせに、必死で我慢した。

ファラウラはこの時、自分が感情を読むタイミングを完全に間違えた事に、まったく気づいてはいなかった。

◇

突撃槍から繰り出される重たい攻撃を、右腕のレールガンで受ける。ぶつかり合った箇所から、青白い火花がバチバチと飛び散った。

「頑丈な武器だね。ま、武器としては何の役にも立ってないけど」

二度ほど鍔《つば》迫《ぜ》り合った後、フォリーは後方に飛びながら槍を大きく弧を描くように振った。研ぎ澄まされた槍の先端が、ラルジュの左腕を抉る。

「クソッ！　痛ってぇ……」

鋭い痛みに思わず呻き声を上げた。石床にボタボタと血が滴り、それに合わせて場内のあちこちから悲鳴が聞こえる。

「痛い？　ごめんね、泣きながら床に這いつくばって降参してくれたら見逃してあげても良いけど」

フォリーは歪んだ笑みを浮かべながら、上空からラルジュを見下ろしている。

その手に握られた槍の先端からは、ポタポタと血の雫が滴り落ちている。

「……降参なんかしてたまるか」

そう呟きながら、右腕をゆっくりと持ち上げた。

「あ、そう。じゃあそろそろ終わりにしてあげようか。そうそう、突撃槍って突撃する勢いを利用する武器なんだけど、俺にはちょっと重いんだよね。なんとかギリギリで逸らしてあげていたけど、疲れて来たし次は自信ないなぁ。もしうっかり心臓に刺さっちゃったらごめんね？」

「……試合中に相手を殺すのは違反だぞ」

そう言うラルジュに、フォリーは嘲りの顔を向けた。

「ははっ、何を言ってんの、今さら。俺には失うものはないって言っただろ？　どうせ一生刑務所暮らしなんだからさ、ここでお前くらい殺しておかないと割に合わないだろ」

フォリーは手綱を引き、今までで一番高く舞い上がった。ラルジュは身体の前で、レールガンを構える。

「じゃあな、ラルジュ・セールヴォラン。お前の可愛い魔女さんの前で惨めに死ねよ。

ま、これも彼女を傷つけた罰だと思えばお前も本望だろ？」

「……は？　どういう意味――」

言い終わる前に、突撃槍を腰だめに構えたフォリーが上空から急降下して来た。

その穂先には、いつの間にか赤錆《あかさび》色の煙がまとわりついている。

「おい！　魔法を使うのは違反だろ！」

「副団長！　逃げてください！」

仲間達の声を耳にしながらも、ラルジュはその場を動かない。ただ静かに、腐毒の魔法を帯びた槍が迫って来るのを待っていた。

「正々堂々やろうって？　本当に嫌いだよ！　お前のそういうお綺麗なところが！」

もはや呪詛とも呼べる言葉を吐きながら、突き出される円錐形の槍。

『心臓を狙う』という風に言っておきながら、槍の穂先は真っ直ぐに頭部に向かって繰り出されていた。

「止めて――！」

一際高く聞こえた悲鳴は、何よりも愛する真珠の魔女の声。ラルジュは微かに笑みを浮かべながら、眼前に左手を振りかざした。

◇

フォリー・ヴィペールは驚愕に目を見開いた。

腐毒をまとった重たい槍の一撃は、狙っていたラルジュ・セールヴォランの頭部を砕く事なく寸前で止まっている。

「な、なんで……」

――槍は、空中に突如描き出された魔法障壁によって阻まれていた。複雑な文言が円陣をグルグルと巡るこの魔法障壁には見覚えがある。ラルジュが得意としていた、魔法使いが使用するレベルの強固な防御魔法の一つだ。

「お前……！」

「これは違反じゃないぜ？　機装騎士は魔法を使ってはいけないってルールはないからな」

それは当然だ。なぜならば、本来機装騎士は魔法を使えないのだから。

「そうか、お前あの魔女と……！　忘れてたよ、すっかり……！」

「そのまま忘れてろ。想像するな」

慌てて槍を引いた瞬間、側頭部に激しい衝撃が走った。ラルジュの右腕に装着されたレールガンで『殴られた』のだと理解した時にはすでに遅く、硬い石床に全身を叩きつけられていた。

「ぐぁっ……！」

反転して起き上がろうにも、身体に力が入らない。頭が割れるように痛み、視界がグラグラと揺れる。

「俺の勝ちだな」

「なんだよ……最初からその武器を使うつもり、なかったのかよ……」

悔し気な顔のフォリーに向けて、ラルジュは軽く肩を竦めてみせた。

「というよりも、〝本来の使い方をするつもりはなかった〟ってとこかな」

「ハハ、確かに……。まさかソレで殴って来るとは思わなかった……」

地に倒れ伏したまま、揺れる視界で周囲を見渡す。目に入ったのは、こちらに駆け寄って来る数人分の軍靴だった。先ほどラルジュが言っていたように、軍が自分を拘束に来たのだろう。

「あーあ、これまでかぁ……」

——それにしても、ここまでしても殺せないとは。良い家柄の人間は、神の加護とやらも庶民とは違うものなのだろうか。

(……いや、まだある。コイツに傷を与える方法が、まだ)

願わくは、絶望を浮かべた顔を直接見たいと思う。だがそれはもうどうでも良い。

後はその時が来るのを待つだけだ。

◇

試合の終了を告げる鐘が鳴った。後ろ手に拘束されたかつての友人は、こちらを一切見ようとしない。ラルジュも目を向ける事はなかった。

「ラルジュ！」

ファラウラの元に行こうと観覧席に足を向けたその時、背後から己の名前を呼ぶ声が聞こえた。

「ラルジュ！　待って！」

「……イヴェール様」

声の主は、薄紫色の髪に紅水晶の瞳を持つ、元婚約者のイヴェール・ミルティユだった。イヴェールは息を乱しながら、ラルジュの元に駆け寄って来る。

「どうしました？」

「勝利の、お祝いの言葉をお伝えに来ただけですわ。おめでとうございます」

「ありがとうございます」

祝いの言葉を伝えに来ただけという割には、イヴェールはなかなかその場を動かない。

「イヴェール様？」

「……私、宝石が大好きですの」

「ええ、存じていますが」

婚約者だった時は、イヴェールの喜ぶ顔が見たくてねだられるがまま宝石類を贈っていた。だがそれが今、この状況でなんの関係があるのだろう。

「……ですが、真珠だけは大嫌いになりましたわ」

涙目で頬を膨らませる元婚約者の顔に、ラルジュは思わず吹き出してしまった。

確かにイヴェールは高慢なところがある。けれど、以前の関係に戻れない事を理解出来ないほど愚かではない。

「そうですか。僕は好きです。宝石の中で、真珠が一番」

イヴェールは一瞬顔を歪ませたものの、すぐに愛らしい笑顔を浮かべ優雅に一礼して去って行った。

——これで本当に何もかも終わった。あとは、ファラウラに今の気持ちを伝えるだけだ。

ラルジュは左手で胸元の小箱に触れながら、再び観客席に目を向けた。

だが、いくら目を凝らしてもあの鮮やかな苺色が見当たらない。

「ったく、どこに行ったんだよ……。ん？　プリム？」

観覧席の前方で、プリムが何事かを叫びながら手をバタバタと動かしている。その切羽詰まった形相に、なぜだか背筋がゾクリと震えた。


『魔女には何もしていないよ。俺自身は、ね』


突如として、フォリーの言葉が蘇って来た。ラルジュは咄嗟に、連行され今まさに中央訓練場を出て行こうとするフォリーを追った。

「待て、フォリー！」

フォリーはゆっくりと振り返った。

その顔には、可笑しくてたまらない、といった表情が浮かんでいる。

ラルジュは憲兵が止めるのも聞かず、片手で胸倉を掴み上げた。

「お前、彼女に何をした⁉」

「だから、俺は何もやってないって」

「じゃあ誰に頼んだ⁉　彼女は今どこにいる⁉」

「そんなの、俺が知る訳がないだろ？」

ラルジュは胸元を掴んでいた手を離し、代わりに右手のレールガンを元友人に向けた。

銃口に青白い光が収束し始めるのを見て、憲兵達が慌ててその場から離れて行く。

「魔女の行方は本当に知らない。けど、わかる事は一つだけある。あの魔女は今、すごく傷ついている。そして、傷つけたのはお前」

「俺……？」

うん、とフォリーは頷いている。

「お前達が聖騎士団から帰る時。俺、話があるって引き留めただろ？　お前、魔女を一人で魔導二輪の所に行かせたよな？　あの後、実は魔女がまたこっちに来ていたんだよ。お前がなかなか戻って来ないから心配で様子を見に来たのかな。気づいてなかっただろ？」

フォリーは何が可笑しいのか、声を上げて笑っている。その姿を目にする内に、吐き気がするほどの不安が込み上げて来た。

「お前、彼女の事をどう思ってるんだ？」

「……は？」

「いや、本当は〝イヴェール嬢の事をどう思ってるんだ〟って聞きたかったのに、つい〝彼女〟なんて他人行儀な言い方しちゃったんだよね。で、魔女が走って逃げて行くのを見て気づいたんだ。あれ、俺ってもしかして今、魔女に誤解を与えちゃったかなぁ、って」

フォリーとの会話を思い出した瞬間、心臓に氷の刃を突き立てられたような気がした。

——自分はあの時、何と答えた？

「か、彼女の事は、なんとも、思っていない……」

「ほら、な？　魔女を傷つけたのは俺じゃないだろ？」

ラルジュは即座に身を翻し、プリムの元に向かって全速力で駆けだした。

あの様子だと、プリムは何かを知っているはずだ。

「だから言っただろ⁉　お前はもう少し、人の悪意ってものを知った方が良いって！」

耳障りな高笑いと共に、これまでのファラウラの不可解な言動が頭の中をぐるぐると回る。何も気づいていなかった。彼女のあの言葉の意味も、何も。


『嘘で良いから、好きと言って』

「クソッ！　なんで気づかなかったんだ、俺は！　馬鹿か！」

次々と襲い来る後悔と自己嫌悪に、頭がどうにかなってしまいそうだった。

# 最終章　ラルジュとファラウラ

まるで赤ん坊の手の平のような、可愛らしい形の落ち葉が舞い落ちる中。

ファラウラは渓谷を流れる川の上を、ゆっくりと低空飛行で飛んでいた。

「本当に綺麗な景色……。勢いで来てしまったけれど、こんなに素晴らしい景色が見られるなんて思わなかったわ」

ごつごつとした大岩の間を抜けていくように流れる水は、まるで水晶のように透明度が高い。辺りの空気は清浄で、聖域と言っても大袈裟ではないほどの雰囲気に満ちている。

ファラウラは大きく息を吸い、深呼吸をした。水面を揺らし、流れる音と共に吹き抜けていく風は瑞々しく爽やかな香りがする。

――これを『秋の香り』と言うのだと、宿泊先の若女将に教えて貰った。

「この葉っぱ、持って帰って栞《しおり》にしようかしら」

ひらひらと落ちて来た赤い葉を一枚、手に掴みそれをそっと胸元にしまう。

そのまま川面を覗き込むようにして飛びながら、炎陽の秋を楽しんだ。陽の光を反射して煌めく川面には、どこまでも青く美しい空が映っている。だが、ファラウラは決して空を見上げようとはしなかった。

青を見ると、どうしても思い出してしまう。初めて恋をし、身も心も捧げた男《ひと》を。

翼を失くした、異国の騎士の事を。

＊＊＊＊＊

ファラウラが極東の島国・炎陽に来る二ヶ月半前。交流試合を見守っていた時。

聖騎士の槍がラルジュの頭部を狙っている事に気づいた瞬間、ファラウラは甲高い悲鳴を上げた。防御魔法で助けようにも、今いる観覧席は魔法効果の範囲外にある。

どれだけ早く展開をさせても、到底間に合いそうになかった。

けれど、絶望の涙を流すファラウラの目に映ったのは、ラルジュが自ら魔法障壁を張った姿だった。

「よ、良かった……セールヴォランさん……」

安堵のあまり崩れ落ちたファラウラの背を、プリムが優しく撫でている。

「ねぇ、魔女様。私の知っている副団長は女性を弄ぶような人じゃありません。きっと、何か行き違いがあったんだと思います」

「い、行き違い……？」

「ええ。朝、副団長は何か言っていませんでした？」

「だ、大事な話が、あるって……」

「じゃあそのお話を聞きましょうよ。国を出るのはその後からでも良いでしょう？」

ファラウラは涙目のまま少し考え、やがてゆっくりと頷いた。

自分はもう、すでに気持ちを伝えている。

ラルジュの話がどんな内容であろうとも、それは受け入れなければならない。

「魔女様、前の方に行ってください。副団長が来るから」

「え、えぇ……」

プリムに促され、観覧席の前方に向かうべく階段を降りる。

その途中、ラルジュに向かって走り寄る一人の女性が目に入った。

「あの方は……」

「イヴェール・ミルティユですね。あの女、まだ副団長を諦めてなかったのかしら。まったく、一時の感情に流されて手を離したのは自分の方なのに」

呆れたようなプリムの声が、ファラウラの耳を通り過ぎていく。

イヴェールは上目遣いでラルジュを見上げながら、何事かを話していた。

遠過ぎるせいで声はよく聞こえなかったが、イヴェールの真剣な眼差しはファラウラをひどく不安にさせた。

——不意に、ラルジュが笑った。その屈託のない笑顔に、ファラウラの心臓が大きく跳ねる。

（どうして、その人にそんな顔を見せるの……？）

ファラウラは堪らず、イヴェールの身体に宝石の気配を探した。そしてそれはすぐに見つかった。耳と首元から、藍玉《アクアマリン》の気配がする。

ためらう事なく、すぐに感情を探った。やがて宝石はイヴェールが抱いている二つの感情をファラウラに教えてくれた。

それは、『後悔と恋情』。どちらも、かなり強い感情だった。

（あの方は、セールヴォランさんとの婚約破棄を心から後悔している……。そしてまだ、彼の事を想っている……）

ファラウラは足を止めた。プリムは気づかず、そのまま前方に向かって進んでいく。

（セールヴォランさんは？　セールヴォランさんは、あの方の事をどう思っているの……？）

笑うラルジュに、何か言われでもしたのだろうか。まるで拗ねた子供のように頬を膨らませているイヴェールは、傍目から見ても本当に愛らしかった。

ファラウラは胸元を強く握り締めた。心臓が激しく脈打っているのが伝わって来る。意を決し、ラルジュの蒼玉に意識を向けた。

お願い、お願い、どうか――。

その強い感情に触れた瞬間、まるで頭部を思いきり殴られたかのような衝撃を覚えた。

――義眼の宝石が伝えて来たラルジュの感情は、『狂おしいほどの愛』だった。

「そ、そうよね……。そんなはず、なかったわ……」

全ては自分の勘違いだったのだ。いや、願望が見せていた幻想だったのかもしれない。

そもそも、ラルジュがイヴェールに対してもう気持ちがないと思ってしまったのが間違いだった。

確かに、ラルジュから直接「もうイヴェールを愛していない」と聞いた訳でも何でもない。あれは、そうであって欲しいというファラウラの思い込みでしかなかった。

ラルジュはずっと、心の奥深い所で元婚約者の事を大切に想っていたのだ。

そして、先ほどラルジュが展開してみせた防御魔法。

「私ったら、何て馬鹿なんだろう……。セールヴォランさんが私を抱くのは、あの瞬間の為だったのだわ……」

魔女のファラウラと身体を繋げる事で、体内に魔力を溜めておきたかったのだ。

魔法を使えないはずの機装騎士が魔法を使い、交流試合で完璧な勝利を収める為に。そうすれば、イヴェールに勝利と贈り物を捧げる事が出来る。

大事な話、というのはこの事だったのだろう。図らずも身体を利用する事になってしまったファラウラに、イヴェールと共に謝罪の言葉を告げるつもりだったのかもしれない。

「そんな言葉なんかいらない……。私、私が欲しかったのは……」

――私が欲しかったのはただ一人。ラルジュ・セールヴォランだけだったのに。

ファラウラは震える両足を叱咤しながら、くるりと踵《きびす》を返して走り出した。

悲しみと絶望、羞恥と怒りが胸の内を渦巻いている。期待をしてはいけないと何度も言い聞かせていたというのに、やっぱり期待をしてしまっていた。

そんな自分自身が恥ずかしく、同時にひどく憎らしかった。

「魔女様⁉　ちょ、ちょっと待って！」

呼び止めるプリムの叫びも無視し、ファラウラは入り口に向かい全速力で走った。

「預けていた荷物をお願いします！　急いで！」

大粒の涙を流すファラウラに驚く係員を急かし、受付に預けていたトランクと羽根箒をひったくるようにして受け取った。そして、急ぎ王宮の外へと向かう。

「嫌！　もう嫌、私なんかもう、消えてしまえば良いのに……！」

そんな風に思えば思うほど、頭の中はむしろ冷静になっていく。

ファラウラは涙を拭きながら走り、時折空を見つめては飛行する鳥の姿を探した。

真っ白な雲の流れる青空には、一羽の鳥も見当たらない。

ファラウラはさらに走る。

そして煉瓦造りの大きな邸宅の前を走り抜けた時、上空に一羽の鷹が飛んでいるのを見つけた。その瞬間、ファラウラは即座に手にしていた羽根箒に飛び乗った。そして空中に上がると同時に、猛スピードで空を駆ける。

思った通り、王宮周辺の防御結界に引っかかる事はなかった。

——ファラウラは飛行する鳥の有無で結界の範囲を判断していた。母国モジャウハラートには魔法使いが多く存在する。その為、王族を守る結界も精度が高い。

つまりは、隠蔽性が高い。本当にどこからどこまで結界が張ってあるのか、誰にもわからないようになっている。

けれどアシエに魔法使いはほとんどいない。それ故に、防御結界もそれほど精度が高いものではないと予測していた。隠蔽性の低い結界の範囲内にいる鳥達は、結界が放つ魔力を嫌がり高所を飛ぼうとしない事が多い。ファラウラはそこを見極めたのだ。

そのまま空港まで一気に空を駆け抜けたファラウラは、すぐに行動を起こした。

「ヴァイツェン行きは二時間後……。もっと早い便は……あ、あったわ」

ファラウラは予定していた便をキャンセルし、五十分後に出発予定の炎陽行きに急遽乗り換えた。

別に炎陽に行きたかった訳ではない。一刻も早くアシエから離れたかっただけだ。

そしてファラウラは、実に二ヶ月半もの間をこの東の国で過ごしていた。

＊＊＊＊＊＊

「あら、お帰りなさいませ、魔女様」

宿に戻った時には、すでに夕方近くになっていた。朝から出かけ、ようやく宿に戻って来たファラウラを宿の若女将である更紗《さらさ》が笑顔で出迎えてくれた。

「魔女様、紅葉はいかがでした？」

「ええ、もう本当に素晴らしかったです！」

ファラウラと若女将の会話は弾む。だが実は、ファラウラは炎陽語をまったく喋れない。

そして若女将の更紗はモジャウハラート語を話せない。と言っても、二人は国際共通語のパナシーア語で喋っている訳でもない。

ファラウラは普通にモジャウハラート語で喋り、更紗は炎陽語を喋っている。

——言葉の壁により、案内所で宿探しに苦労していたファラウラに職員が紹介してくれたのがこの宿だった。本来ならば、炎陽にしか存在しない特殊な魔法使い『陰陽師』しか泊まる事が出来ないらしい。

だが困り果てるファラウラを見かねた案内所の職員が「異国の魔法使いが困っている」と直接交渉してくれたおかげで、世話になる事が出来た。

宿の敷地内には、『お札《ふだ》』と呼ばれる呪文が書かれた細長い紙があちこちに貼ってある。このお札が貼ってある範囲では、言語が統一化されるのだ。

「魔女様、お帰りは明日でしたわよね？　お土産のお買い忘れはございませんか？」

「はい。炎陽の装飾品は信じられないくらい繊細だし、食べ物も珍しくて美味しいし、実は今日、自分用に色々買って自宅に送っておきました」

自宅である灯台の修復は、事前に渡されていた予定表によると五日前には終わっている事になっている。留守中に届けられた荷物は、一階にある特殊な魔法陣が描かれた小部屋に収められているはずだ。

「今夜の夕食、魔女様のお願い通り〝お好み焼き〟にしますけれど、本当によろしいのですか？　せっかくですから、最後に秋の味覚をたくさんお召し上がりになっては……」

ファラウラは首をぶんぶんと横に振った。

「いいえ、オコノミヤキが良いの。だって本当に美味しいんですもの。作り方も簡単ですし、材料も国で手に入るものばかりですから、帰国しても自分で作ってみますね」

力強く言うファラウラに、更紗は優しい笑みを向けてくれた。

「異国のものを取り入れた食事を楽しもうという心意気、本当に素晴らしいですわ」

「あ、えぇと、食生活を豊かにしようと思った方が良いと、ある人に、言われたので……」

「まぁ、素敵な考え」

言ってしまった後、ファラウラは軽く自己嫌悪に襲われていた。なぜラルジュの言葉を思い出してしまったのだろう。素晴らしい景色を眺め、美味しい食事を毎日口にしていても、あの甘く低い声と黒鋼の腕に抱き締められた感触が一向に薄れてくれないのは、どうしてなのだろうか。

「魔女様？　どうかなさいました？」

「あ、いいえ、なんでもありません」

――ここは極東の国。アシエからは遠く離れた所にある。

それなのに、ファラウラの心はいまだ、鋼鉄の国アシエに囚われたままでいる。

＊＊＊＊＊

住み慣れた灯台の姿が見えた瞬間、ファラウラは安堵の息を吐いた。留守にしていたのは半年に満たないくらいだが、ひどく懐かしい気分になる。

「すごいわ、とっても綺麗！」

――修復前、白翡翠《しろひすい》の原石で出来ていた外壁は全体が月光貝《げっこうがい》を加工したもので覆われていた。この貝は月の光を蓄える性質を持っている。

光の強さは淡いものだが月の無い夜でも青白く光る。

その為、夜間に遭難しても見つけやすいようにと、夜釣り用の漁船に使われている事が多い。

「夜になったら外に出て見てみようかしら。そうね、海側から見てどの辺りの距離まで灯台が見えるのかも確認もしておいた方が良いわ」

ファラウラは灯台をぐるりと一周し、一階の正面扉に向かうべく地上に降りた。普段は最上階の窓から直接部屋に入るのだが、今回は送った荷物がある。それに、留守中の郵便物も確認しなくてはならない。

「修復完了報告と、実家からの手紙。はぁ、またお見合いかしら。後は……あ、ダムアからだわ」

後輩からの手紙を見て、ファラウラは頬を綻ばせた。

炎陽に滞在して一ヶ月が過ぎた頃、後輩ダムアに手紙と美しい絹紐《ひも》、それから繊細な模様が彫り込まれた飾り櫛を送った。

手紙には、急に出国した事へのお詫びとアシエ滞在中のお礼を書いた。

そして、ラルジュ・セールヴォラン副団長との事はお互いきちんと考えての事なのだ、という風に書いておいた。

郵便物を回収した後、荷物が届いているはずの小部屋に入った。灯台内部に入ってすぐ左側にあるこの小部屋の床には魔法陣が描かれている。その上に、送った荷物が置かれているはずだ。

「あら？」

だが薄っすらと光る魔法陣の上には、荷物は一つも見当たらない。一昨日送ったお土産はともかく、アシエ国内からもいくつか荷物を送っておいたのだ。それらはとっくに着いていないとおかしい。

「やだ、どうして？　配送ミス？　でも、今までそんな事一度もなかったのに……」

一階のフロアは郵便受けとこの小部屋しかない為、外部から自由に出入りは出来る。けれど、荷物の盗難はあり得ない。

魔法陣の端には、小さく崩した古代文字で『ファラウラ・マルバ』と刻まれている。一度この上に荷物を置いてしまったら、封印された名前の持ち主、つまりファラウラ以外は荷物を持ち上げる事すら出来ないのだ。

ファラウラは小部屋を出た後、ひとまず二階へ向かう螺旋《らせん》階段を登った。二階の部屋からは鍵をかけている。これも同じく封印錠で、外部の人間には開ける事が出来ない。

「色んなお店から送ったのに、一つも届いていないなんて変だわ。何があったのかしら……」

そう呟きながら封印錠を開け、室内に入ったファラウラの足がピタリと止まる。

書斎として使っている二階の床に、ファラウラが送ったお土産が全て置かれていた。

「嘘⁉　どうして⁉」

「僕が運んだからですけど」

「なんだ、そうだったの。ありが――」

――じゃなくて。今、返事をしたのは誰？

ファラウラは反射的に炎の蛇を生み出し、声の聞こえた方向に放った。

炎蛇は三階へ向かう螺旋階段に佇む人物に向かい、燃え盛る牙を向ける。

「ちょっ……僕ですって！」

「えっ⁉」

紅蓮の蛇が突き出された黒鋼の右手に巻きつく寸前、ファラウラは片手を振って炎の蛇を瞬時に消した。

「あ、え、セールヴォラン、さん……？」

立っていたのは、溜め息を吐きながら髪をガリガリと掻いている長身の男。

軍服ではなく私服だったが、それは紛れもなくファラウラの心を捕らえて離さない機装騎士だった。

「そう。人生で二度も女に逃げられた、ラルジュ・セールヴォランです」

肩を竦め、おどけたように言う男の顔をファラウラはただ呆然と見つめていた。

◇

「どうぞ。ココアです」

「あ、ありがとうございます……」

——促されるがまま風呂に入り、部屋に戻ったファラウラはラルジュが差し出して来たカップを受け取った。

（えっと、ここは私の家よね？　セールヴォランさん、すごく自然に過ごしてらっしゃるけど……）

ラルジュは戸惑うファラウラを余所に、慣れた手つきでミルクを温めた小鍋を洗っている。

「あの……」

「炎陽は楽しかったですか？」

唐突な問いかけに、狼狽えながらもなんとか頷く。

「え⁉　ええ、楽しかった、です……」

「二ヶ月半も滞在するくらいですからそうでしょうね。僕にとっては死にたいほど辛い二ヶ月半でしたけど、貴女は違ったみたいで良かったです」

どこか棘のあるその言い方。だが言い返す事は出来なかった。

彼の整った顔が、ひどく憔悴しているように見えたからだ。

ひとまず、なぜ彼がファラウラの自宅にいるのか、という事だけは知りたい。

「どうして、セールヴォランさんが私の家にいるの？」

ラルジュがなぜ部屋の中に入れたのか、ならわかる。名前と同じで、身体を繋げたラルジュには封印錠も通用しないからだ。

「……プリムから、貴女がヴァイツェンに行こうとしていると聞いた。でもヴァイツェン行きの出発時刻に貴女は来なかった。他国へ行ったのか、アシエに留まっているのかもわからない。だったら、闇雲に探すより待ち伏せをした方が早いと思ったんです」

ところで、とラルジュはファラウラの方を向いた。

「貴女は僕の事をずっと、身体目当ての鬼畜野郎だと思っていたらしいですね」

「ええ⁉　そ、そんな事は思っていません！」

「……そう思ったから僕から逃げたんでしょ？」

ファラウラは仰天した。身体目当てだとは思っていたけれど、鬼畜野郎とは思っていない。

「私は本当にそんな風に思っていません！　だ、大体どうして、私が責められなければならないの⁉」

「……僕を好きだと言ったくせに、なんで僕を信じてくれなかったんですか」

ぼそりと呟かれた言葉の意味を考える内に、ファラウラの胸の中にグラグラと煮えたぎるような怒りが湧いて来た。信じてくれなかった？　何度も期待させ、何度も裏切って来た貴方がそれを言うの？

「貴方の……貴方の何を信じろと言うのよ！」

カップを叩きつけるように置いたあと、ファラウラは怒りのままに立ち上がった。

「貴方は責任を取れないと言いながら、私をまるで宝物のように扱って勘違いさせてくれたじゃない！　その度に喜んだり落ち込んだり、私ばっかり貴方の事を好きなのが悔しくて仕方がなかった！　それなのに私は貴方を嫌いになれなくて、でも貴方が他の女性に贈り物をするところを見ていられなくて、それで……！」

ラルジュは黙ってファラウラを見つめていた。やがて、その唇がゆっくりと動いた。

「……いいや、勘違いじゃない。貴女は俺の宝物だ」

「う、嘘をつかないで！　だって、貴方は……！」

その先の言葉をどうしても口にする事が出来ず、ファラウラは両手で顔を覆った。

——不意に、ふわりと身体が温かな何かに包まれた。抱き締められているのだと理解するまでに、少しの時間がかかった。

「あ、あの、セールヴォランさん⁉」

「……貴女を傷つけ、苦しめたのは紛れもなく僕です。それなのに、貴女が炎陽で買った荷物を連日受け取る度に、僕なんかがいなくても貴女は平気なのだと悔しかった。嫌な言い方をしてすみません。八つ当たりです、完全に」

顔を覆っていた両手がそっと外された。ファラウラはそっと目を上げる。

焦がれるような色を浮かべた黒と青が、真っ直ぐにファラウラを見下ろしていた。

「貴女が僕に対して決定的に不信感を抱いた時の事を話してください。それについてきちんと説明をします。……今のままだと、貴女は僕を信じられないでしょ」

ゆっくりと頷くファラウラの頬に、熱い唇が落ちて来る。

それは、アシエを飛び出したあの日の朝と同じ熱さだった。

◇

ベッドに座ったラルジュの膝の上、ファラウラは静かに胸の内を語り始めた。

「聖騎士団にお邪魔した帰り、聞いてしまったの。セールヴォランさんが、私の事を何とも思っていないって。愛されなくても良いなんて思っておきながら、簡単に傷つく弱い自分が嫌になったわ」

ラルジュは人差し指にファラウラの髪をくるくると絡めた。

「あの時の〝彼女〟とはイヴェールの事です」

「え、イヴェール様の……？　でも……」

「でも？　何ですか？」

ファラウラは迷った挙句、結局話す事にした。宝石魔法使い固有の能力、つまり宝石から感情を読み取る能力の事を。

「……試合が終わったあと、貴方に駆け寄って行ったイヴェール様の宝石から強い後悔と恋情を感じ取ったの。まだ貴方の事を想っていらっしゃるのだわ、と不安になった。それでつい、義眼の蒼玉で貴方の感情も読んでしまったの」

「それで？　その時の僕の感情は？」

ラルジュは黒鉄の手で顎を持ち上げ、強引に目を合わせて来る。

「愛情、でした。イヴェール様の感情よりも、ずっとずっと強かった。だから私は……」

「僕を置いて逃げた、と」

ファラウラは小さく頷いた。意外な事に、ラルジュはどこか納得したような顔をしている。

「まぁ、そうでしょうね。あの時の僕は、貴女を思い浮かべていたから」

「わ、私を？」

「ええ、貴女を」

自らの言葉が疑われている事など気にする事なく、ラルジュは堂々と言う。

そして、ファラウラを膝から下ろすと、おもむろにその眼前へとひざまずいた。

「ファラウラ、僕の真珠の魔女。貴女を心から愛しています。貴女と共にある為なら、僕はどんな事だってしてします。お願いですから、今度こそ僕を信じてください。僕は貴女以外に、欲しいものなんて何もない」

そう真摯に訴えるラルジュがポケットから取り出したのは、小箱に入った大粒の真珠だった。装身具などには加工されていない、美しく完璧な真円の真珠。

「本来なら、僕の手足に使われている銅哭鍬形の異性核で作った装身具を贈りたかったんですが、手に入らなかったので」

ファラウラは捧げられている真珠を見て、次にラルジュの顔を見た。

澄んだ蒼玉が、何かを訴えるようにこちらを真っ直ぐに見つめている。

「……信じられないのなら、僕の感情を読んでください」

——言われるまでもなく、すでに蒼玉が抱く感情を読んでいた。

ファラウラの新緑色の瞳から、大粒の涙がこぼれていく。

「ゆ、夢ではないの……？」

「夢にされたら困ります」

震えながら真珠を受け取るファラウラの手が、大きな両手でしっかりと包まれた。

「や、やだ、手の震えが、止まらないわ……」

「じゃあ僕が止めてあげますよ」

そう言うとラルジュは立ち上がり、ファラウラをベッドに押し倒した。

「え⁉　ま、待って……！」

「待ちましたよ、二ヶ月半も。アシエにいる間はそれどころじゃなかったけど、ここは貴女の香りでいっぱいでしょ？　だから我慢出来なくて、ほとんど毎日抜いてました。あぁ、安心してください。部屋ではやってないので。風呂場で身体洗う時ついでに、何回か」

——ファラウラは耳を疑った。今、さりげなくすごい発言を聞いた気がする。

「……会いたかった。貴女に会いたい一心で、団長夫人の嫌がらせに耐えながら仕事を片づけて来たんです」

「い、嫌がらせ？」

また不穏な単語が出て来た。ラルジュは疲れたような顔をしている。

「奥さんは貴女を強く慕っていますからね、僕の事は強姦魔扱いでしたよ。嫌がらせと言っても、差し入れの焼き菓子を僕にだけ配ってくれないという地味なものでしたけど、

意外と傷つきました」

「あの子が、そんな事を……」

驚き呆れるファラウラに、ラルジュはゆっくりと覆い被さっていく。

「可哀想でしょ？　だから、俺を慰めてください」

——ずるい。

そう告げようとしたのに、熱い唇で塞がれ何も言えなくなってしまった。

◇

想いの通じ合った恋人達は、裸になって抱き合い角度を変えては何度も唇を重ねた。

「ん……ふあぁ……」

「どうしました？　苦しい？」

まだ口づけしかしていないのに、ファラウラの息はすでにあがっていた。

耳元で、ラルジュのかすかな苦笑が聞こえる。

「どうせ炎陽でもずっとホウキで移動していたんでしょ？　僕と一緒に朝晩運動すれば、その内に体力もつくと思いますよ」

「あ、朝からこんな事をするなんて、私には無理です……！」

「朝は散歩のつもりでしたけど？　それともセックスだけで頑張った方が良いですか？」

「や、ち、違……っ！」

意地悪く耳元で囁かれ、ファラウラは狼狽えながら首を振る。

「貴女は本当に初心だな。ま、それでも良いですけど。セックスは気持ち良いし体力もつくし、良い事ずくめですから」

熱い吐息と共に、耳の穴にぬるりと舌が差し込まれる。ファラウラは　身体を震わせた。反射的に逃れようとするファラウラを捕まえるように、胸の尖りが二つ、同時に摘みあげられた。

「きゃあっ……！」

痺《しび》れるような甘い感覚が、胸の先から下腹の辺りまで一気に突き抜けていく。

そのまま根元からぐにぐにと揉みこまれ、強すぎる刺激に自然と上体がのけ反っていく。

「あっ、あっ！　んんぅっ！」

「どうしたんですか？　胸を突き出したりして。もしかして舐めて欲しい？」

「だめっ……！　だめ、舐めないで……！」

耳元にくすり、と笑い声が聞こえたと思った次の瞬間、胸の先端が熱い口腔《こうくう》内に包まれた。

「な、だ、だめって言って、……ひあぅっ！」

尖らせた舌先で先端をとんとん、と突かれたあと、いきなり強く吸いつかれた。

目を見開いて身を捩るファラウラを、ラルジュは軽々と抑え込む。

「舐めないで、って言うから吸ってあげただけですよ？　そうそう、貴女はココが特に弱いから、もう少し我慢できるように特訓しましょうか」

「ひっ⁉　や、ま、待って……っ！」

必死の抵抗も空しく、そこから小一時間ほど胸だけを延々と嬲られ続けた。

想いが通じ合う前から今日に至るまで、ラルジュとはそれなりに身体を重ねて来たけれど、ここまで執拗な責めは初めてだった。

「んあぁっ！　あぁっ！　ひぅうっ、あぁっ、あっ……！」

──強く吸われ、優しく舐められ、軽く噛まれ、時折舌でくすぐられる。

舌や歯での責めを受けていない方の乳首は、指で捻られ潰され、爪でカリカリと引っかかれていた。左右で異なる刺激を絶え間なく与えられ続け、ファラウラは涙と涎をこぼしながら喘ぎ続ける。

「乳首を弄っているだけなのに、ずいぶんと可愛い顔になりましたね」

「あっあっ……！　見ないで、あぅっ……！　もう、もうだめっ！　変に、なっちゃ……！」

両の乳首は痛いほどに尖り、いまだに触れられていない足の間からは身を捩る度にぐちゅぐちゅと濡れた音が響く。目で見なくても、膝裏近くまで愛液があふれているのがわかった。

「……苦しい？　でも俺はもっと辛かったんですよ？　毎日毎日、貴女の事ばかり考えて食欲もないし夜も眠れなかった。だからちょっとだけ苦しい思いをして貰います。これは俺から逃げた罰なんですから」

「も、無理……！　我慢、出来なっ……！」

「ん？　下を触って欲しくて我慢出来ない？」

「ちがっ！　違うの……！　あっ、あ——っ！」

ビクビクッ、と腰が痙攣し、両足がピンと伸びたあと、ファラウラはぐったりと全身の力を抜いた。

「もうイッちゃったんですか？　乳首を舐めて吸って、ちょっとコリコリしただけなのに？」

ちょっとどころではない。両胸の先端は熱を持ち、息を吹きかけられただけで身体が反応するくらい敏感になっている。

「じゃあ今度はこっちを同じようにしてあげましょうか」

「……っ⁉　待って、今はだめ、今触られたら、本当に……！」

涙まじりの懇願も聞いて貰えず、逆に両足を大きく開かされた。目の前で、整った顔の男がこれ見よがしに舌を突き出して笑う。

「い……いや……」

「少し腫れて来たし、乳首《こっち》はもう許してあげます。次、今度は下の方にお仕置きしましょうか」

ラルジュは尖らせた舌で、恐怖に怯えるファラウラの陰核を皮の上からちょんちょんと突く。

ファラウラの気持ちとは裏腹に、たったそれだけでひくつく割れ目は物欲しげに蜜を吐き出していく。

「やだ、許して、ごめんなさい……。もうこれ以上いじめないで……！」

ここに、今までされていたのと同じ責めを受けたら自分は一体どうなってしまうのだろう。陰核責めを何としても回避したいファラウラは、男に向けて懸命に慣れない媚びを売る。

「ね、あの、もう十分だから、だからお願い……」

「ひょっとして、俺のモノを挿れて欲しくなりました？」

ファラウラは一生懸命、首を縦に振った。

ラルジュは少し考えるような素振りをしている。その顔を見ながら、どうにかして快楽の拷問から逃れたいファラウラは必死で考えを巡らせた。ここでもう少し機嫌を取っておけば、許して貰えるかもしれない。

「……お願い、ラルジュ」

——思案顔になっていたはずの男の両目が、大きく見開かれた。

瞳孔すら開いて見えるその眼差しを真っ向から受けた瞬間、ファラウラは自らが大失敗をした事を悟った。

「ま、待ってっ……ひあぁっ！」

予備動作もないまま、硬く勃ち上がった陰茎で一気に貫かれた。

十分に濡れていたとはいえ、馴染ませる事もなく秘部に突き入り容赦なく最奥をゴリゴリと抉る。その暴力的な快楽に、挿れられた瞬間一突きで絶頂に達してしまった。

「あぅっ！　あぁぁっ！　あうっ！　とめて、とめてってばぁ……！」

全身を桜色に染めて痙攣させ、絶頂を訴えているのに男の動きは止まらない。

ガツガツと激しく突き上げられる度に、呼吸が止まりそうになる。

目の裏にはチカチカと星が飛び、愛液とは異なる粘性の低いサラサラとした液体が、足や腹部に飛び散っていく。

「いっ……ぁあっ！　ラルッ……！　やめて、あっ！　やめっ、あっ、あぁっ、あー！」

「あれだけ、言っても名前を呼ばなかったクセにっ！　この、タイミングで呼ぶとか、何なんだよ、貴女は……！」

「だめ、これ、だめっ……！　あっ、あっ、もう、だめ……！」

「イカせて欲しい？　だったら言ってくださいよ、欲しい時はおねだりするんでしょ？」

――抱えられた両足はビクビクと震え、不自然な動きで腰が跳ねる。部屋中に肉がぶつかり合う音が響き、ファラウラは文字通り快楽の棒で体内をかき混ぜられていた。

その音は、段々と粘ついた液が空気を含む、重く激しいものに変化していく。

「も、おねが、い、イカせ、イカせてぇ……っ！」

「はっ……、いい子、ですね、初めておねだり、出来たんじゃないですか？」

——褒められた。これで許して貰える。ファラウラはようやく訪れる安息の時を思い、思わず頬を緩めた。

「……可愛いな。でもお仕置きが終わり、とは言ってないですけど」

絶望を告げる、甘く掠れた低い声。それが聞こえたと同時に、見逃して貰ったはずの陰核の上へひたり、と指が置かれた。冷たくはないが硬いその感触は、黒鋼の右手。

激しく突かれ揺さぶられながら、ファラウラは今の言葉の意味をようやく理解した。

「やだ、ま、待って……！」

「……替えのシーツは干してあるから安心してください。潮を吹きまくるなり何なり、好きにぶっ飛んで良いですよ？」

哀願する暇などなかった。フルフルと震える陰核を二本の指で摘みあげられ、くにゅくにゅと扱かれた瞬間、ファラウラは身も世もない絶叫をあげた。

「あぁぁあっー！　イッ……！　イク、いやっ……！　あっ、んあぁーっ！」

「はぁ、は……、ナカの痙攣がすごいな……。俺も、もうイキそ……」

ラルジュの腰の動きが、いっそう激しくなっていく。ファラウラはもはや声もだせず、目を見開いたまま涎をこぼしながら、ただひたすら前後に揺さぶられていた。

「ファラウラ、俺のファラウラ……！」

名を呼びながら秘部を穿つ男のモノが、体内で一段と大きくなったような気がした。ラ

ルジュは端正な顔を歪ませながら、陰核から手を離し両手でしっかりとファラウラを抱き締める。

「く、うぅっ！」

呻き声と共に、腰がぐりぐりと押しつけられる。やがて二度ほど腰を揺すったあと、ラルジュはファラウラの体内から己の性器をずるりと引き抜いた。

足の間からゴポリと何かがあふれて来る。その感触を実感したあと、ファラウラはゆっくりと意識を失っていった。

＊＊＊＊＊

髪を撫でられる優しい感触。ふわふわと虚空を漂っていた意識が、ゆっくりと覚醒していく。次いで感じるのは、温かな体温に規則正しい心音。

目を覚ましたファラウラは、まだラルジュの腕の中にいた。自らの状況に気づいたと同時に、胸にあふれる幸福感。それに従い、無意識に頬をすり寄せた。そして気づく。

ファラウラは裸のままだが、ラルジュはきちんと服を着ている事に。

「あぁ、起きました？　大丈夫ですか？」

「ん、はい、大丈夫……」

本当はひどく疲れている。けれど、両想いだとわかった心は満たされていた。

そんな幸せに浸るファラウラを、ラルジュの容赦ない言葉が襲う。

「貴女の体力のなさを甘く見過ぎていました。まったく、いちいち失神しないでください
よ。続けて出来ないじゃないですか」

「あ、ご、ごめんなさい……」

当然のように言われ、思わず謝罪の言葉を口にする。だが本心では今一つ納得がいかな
い。大体、失神するまで責めて来たのはそっちではないか。

ファラウラはその言葉を飲み込みながら、とりあえずベッドから下りようと身じろぐ。

だが、下半身にまったく力が入らない。

「う、動けない……」

「無理をさせた自覚はありますけど、貴女が悪いんですよ？　いきなり俺の名前を呼んだ
りするから。……って言うか、なんで今まで呼んでくれなかったんですか？」

ファラウラはきょとんとした眼差しを向けた。

「だって、それは、恋人でも配偶者でもない男性のお名前を呼ぶ訳には、いきませんから」

「……もしかして、それも戒律？」

「え？　ええ、そうです」

ラルジュはファラウラを抱き締めたまま、目を閉じ大きく溜め息を吐いた。

「なるほど。だから俺の名前を呼ぶ訳にはいかなかったと。そうですよね、俺は間抜けに
も恋人どころか婚約者だと思っていましたけど、貴女にとってはただの鬼畜野郎だったん

ですからね。そうか、だからリュシオルの事も〝プリムさんの恋人さん〟って言い続けていたのか。俺はてっきり……」

「てっきり？　何ですか？」

「……いや、可愛い子ぶっているのかと」

「ひ、ひどいわ……」

頬を膨らませるファラウラを宥めるように、ラルジュは何度も唇を撫でる。

「今度からはちゃんと名前を呼んでください。そうすれば俺……僕も団長夫人にいびられなくて済みます」

その言葉に、ファラウラは微かに顔を曇らせた。ラルジュはファラウラをアシエに連れ帰るつもりなのだ。もちろん、ゆくゆくはそうしたい。けれど、現状すぐには難しい。

「あの、私はしばらくこの町にいます。せっかく修繕した灯台守のお仕事だってありますし、実家からも手紙が来ていました。貴方との事もいずれは説明しないといけません。私だってラルジュの側にいたいです。けれど、しばらくは遠距離恋愛で我慢します……」

——実家への説明はともかく、問題は仕事の方だ。灯台修復の改装費用は、町の皆が寄付したお金で賄われている。内部で人一人が余裕で生活出来るこの灯台は、通常よりもかなり大きい。そんな町の象徴ともいえる灯台を任されているファラウラとしては「恋人が出来ました。ではさようなら」では済まされない思いがある。

「……僕がモジャウハラートに来たのは二十日前です。その間、僕が何もせずにただ貴女の部屋でただゴロゴロしながら過ごしていたと思います？」

ファラウラの鼻先に軽く口づけたあと、ラルジュは一人ベッドから降りた。

そして手紙箱の中から、一通の手紙を取り出した。

「例の改造魔獣について魔導協会に書類を送った結果、正式に機装騎士が調査に乗り出す事になりました。調査に魔法使いの派遣を希望するかどうか聞かれたので、僕の恋人である貴女を同行する、と答えました。それはもう受理されていますから、貴女は僕と一緒にアシエに戻って貰います。これは立派な仕事ですから」

ファラウラは唖然とした顔で、ラルジュとその手に持つ手紙を見比べた。

「灯台については、この町の町長さんにきちんと説明に行きました。灯りは町の皆さんが交代で管理してくれるそうです。そのあとの事は、また相談しましょう」

「あとの事……？」

ラルジュは頷き、手紙箱からまた別の手紙を取り出した。薔薇の鱗を持つ竜の刻印が押された手紙。マルバ家の紋章が入った手紙。

「その手紙……帰って来た時に郵便受けに入っていた……」

「多分ですけど、僕の身元調査の結果だと思います。魔導協会に提出した書類には当然、調査に同行する魔法使い、つまり貴女の名前を書いている。そっち方面から、ご実家に連絡が入ったのでは？」

――身元調査。実家ならやるかもしれない。

まだ開封していないこの手紙には一体何が書いてあるのだろう。

ファラウラはラルジュの様子を窺った。ファラウラの心配そうな視線に気づいたのか、ラルジュは軽く肩を竦めた。

「ま、良くは思われていないと思いますよ。僕、改造魔獣の件以外にも魔導協会には色々な意見書を提出しましたからね」

「魔導協会に意見書⁉」

ファラウラは驚く。魔導協会は確かに意見書を受け付けているが、それはほとんど形だけのものだ。古めかしい伝統に縛られた魔法使いの世界は、そう簡単には変わらない。

「あの、因みにどんなご意見を……？」

ラルジュは澄ました顔で答えた。

「そうですね、まずは宝石魔法使いを協会の一員にすべきだと。僕が調べたところ、貴女もそうですけど宝石魔法使いは魔力が非常に高い者が多いんです。で、ほぼ全員が虚弱体質」

言いながら、ラルジュは台所に向かった。

「ですが、ある出来事をきっかけにこれもほぼ全員、体質が改善されているんです」

「ある出来事？」

「はい。女性の場合はセックスしたら。男性の場合は精通したら、それぞれ虚弱体質が治るみたいなんですよ。貴女もそうでしょ？　男の場合はセックスしなくても自慰で精液を放出する事が出来るから、わかりにくかったみたいですね」

「あ、確かにずっと熱を出していないわ……」

それに今も、あんなに激しく嬲るような抱かれ方をしたにもかかわらず、体調には何の変化もない。

「おそらく、高過ぎる魔力が上手く魔力回路を循環しないのではないでしょうか。だから使い魔を召喚出来ない。そして放出される事なく、体内に留まり続けた魔力が影響して熱を出す。基本的に宝石魔法使いは全員が優秀なんですから、協会に入れても何の問題もないでしょ」

「すごい……。そんな事、思いも寄らなかった……」

ファラウラは素直に感動していた。彼が古い慣習を重んじる魔法使いではなく先進国アシエの人間だからこそ、その仮説にたどり着いたのかもしれない。

あくまで仮説であり、明確に立証をされてはいないとはいえ、この事はファラウラに大きな自信を与えてくれた。

「あの、他には……？」

「名前の封印ですね。それは僕だって最初は優越感でしたよ？　貴女に限って言うと、〝ファラウラ〟と名前を口に出来るのは僕だけですから。でも家族まで名前を口に出来ないのはおかしいでしょ。第一、子供が可哀想です」

「……子供」

――いきなり話が進んだ。戸惑うファラウラを前に、ラルジュは更なる意見を述べる。

「呪いに必要なのは、名前の正式なスペルと呼び名と呪歌。けれど呪歌の資料は残されていない。要するに世界から呪いは消えている。ということは、今世界中の魔法学校で行われている呪い対策はおまじないみたいなものじゃないですか。いい加減止めれば良いのに、と思いますよ。僕には魔法使いの世界がまったく理解出来ません」

ラルジュは呆れたように言いながら、小鍋でミルクを温めている。

ファラウラは小さく笑った。ラルジュのこういうところが本当に好きだ。

「……何ですか、ニヤニヤして」

「ニヤニヤなんてしてないわ。私の恋人は素敵だなぁって、思っていたの」

「そうですか。それは良かった。はい、どうぞ」

カップを差し出して来るラルジュの耳は、わずかに赤く染まっている。

温かいミルクのカップを持ったまま、ファラウラは愛する男の顔をじっと見た。

「……今度は何です？」

ラルジュは訝しげな顔をしている。その顔に向かって、胸に湧き上がって来た素直な言葉を口にした。

「愛しているわ、私の機装騎士様」

黒鋼の騎士は澄ました顔で魔女にかしづき、その手の甲にそっと口づけた。

「愛しているよ、俺の真珠の魔女」

嬉しそうに微笑むファラウラの手に何度も唇を落としながら、ラルジュはぽつりと呟いた。

「俺は空が嫌いになったよ。俺の手の届かない所に、貴女を連れて行ってしまうから」

ファラウラはゆっくりと首を振る。

「私は空がもっと好きになったわ。貴方の青い目に、見守られているみたいだから」

その言葉に、ラルジュは微かに笑った。

――始まりは互いに良い印象ではなかったはずなのに、段々と惹かれる心を止められなくなっていた。初めて恋をし、悩み嫉妬し、時には傷つけ合いもした。

けれど、愛する喜びと愛される幸せ。

それを教えてくれたラルジュ・セールヴォランと共にいられるのなら、この先何があっても二人で乗り越えていける。ファラウラはそう確信をしていた。

# あとがき

こんにちは、杜来リノです。

この度、再びムーンドロップス様で本を出していただける事になりました。

デビュー作を手掛けて下さった、思い入れのあるレーベル様で出せる事の喜びを実感しています。

このお話は、前作「色彩の海を貴方と泳げたら　魔砲士は偽姫を溺愛する」よりももっと、『好きな要素』を詰め込んだ作品になりました。

ヒーローは体の一部が機械になっている魔法の使えない騎士で、魔導二輪というファンタジーなバイクを乗り回します。

ヒロインはホウキに乗って空を飛ぶ魔女ですが、そのホウキは羽箒で可愛らしい感じになっており、武骨なヒーロー側の乗り物と対比になるようになっています。

機械と魔法のバランスがちょうど良い感じになっているので、物語にすんなり入り込んでいただけるのではないかな、と思います。

そして実は、この一冊だけでは魔獣の謎やヒロインであるファラウラの家族関係などは明かされておらず解決もしていません。ｗｅｂでは二部構成で連載しており、解決してい